O RESTAURANTE VEGETARIANO
e a Praça Encantada

Editora Appris Ltda.
1.ª Edição - Copyright© 2023 do autor
Direitos de Edição Reservados à Editora Appris Ltda.

Nenhuma parte desta obra poderá ser utilizada indevidamente, sem estar de acordo com a Lei nº 9.610/98. Se incorreções forem encontradas, serão de exclusiva responsabilidade de seus organizadores. Foi realizado o Depósito Legal na Fundação Biblioteca Nacional, de acordo com as Leis n°s 10.994, de 14/12/2004, e 12.192, de 14/01/2010.

Catalogação na Fonte
Elaborado por: Josefina A. S. Guedes
Bibliotecária CRB 9/870

P667r 2023	Pires, Horacio Almeida O restaurante vegetariano e a praça encantada / Horacio Almeida Pires. 1. ed. – Curitiba : Appris, 2023. 148 p. ; 23 cm. ISBN 978-65-250-5024-9 1. Ficção brasileira. 2. Restaurantes. 3. Meio ambiente. I. Título. CDD – B869.3

Editora e Livraria Appris Ltda.
Av. Manoel Ribas, 2265 – Mercês
Curitiba/PR – CEP: 80810-002
Tel. (41) 3156 - 4731
www.editoraappris.com.br

Printed in Brazil
Impresso no Brasil

Horacio Almeida Pires

O RESTAURANTE VEGETARIANO
e a Praça Encantada

Appris
editora

FICHA TÉCNICA

EDITORIAL
Augusto Vidal de Andrade Coelho
Sara C. de Andrade Coelho

COMITÊ EDITORIAL
Marli Caetano
Andréa Barbosa Gouveia (UFPR)
Jacques de Lima Ferreira (UP)
Marilda Aparecida Behrens (PUCPR)
Ana El Achkar (UNIVERSO/RJ)
Conrado Moreira Mendes (PUC-MG)
Eliete Correia dos Santos (UEPB)
Fabiano Santos (UERJ/IESP)
Francinete Fernandes de Sousa (UEPB)
Francisco Carlos Duarte (PUCPR)
Francisco de Assis (Fiam-Faam, SP, Brasil)
Juliana Reichert Assunção Tonelli (UEL)
Maria Aparecida Barbosa (USP)
Maria Helena Zamora (PUC-Rio)
Maria Margarida de Andrade (Umack)
Roque Ismael da Costa Güllich (UFFS)
Toni Reis (UFPR)
Valdomiro de Oliveira (UFPR)
Valério Brusamolin (IFPR)

SUPERVISOR DA PRODUÇÃO
Renata Cristina Lopes Miccelli

PRODUÇÃO EDITORIAL
Nicolas da Silva Alves

REVISÃO
Samuel do Prado Donato

DIAGRAMAÇÃO
Renata Cristina Lopes Miccelli

CAPA
Eneo Lage

Agradecimentos

À Clarice e à Patricia.
Ao Viché, de São Luiz do Maranhão.
À Thais, prima.

*Prezado leitor, não sou um robô, portanto,
pode haver algum tipo de erro nesta obra.*

Quando o Sr. Curi olhou Carlos pela primeira vez, o jovem estava sentado na calçada, em frente de sua casa, defronte à Praça sem nome. Era fim de tarde e, entre as árvores da praça, o "Astro Rei" começava a se preparar para o espetáculo de cores e formas, em meio às nuvens de fim de inverno no trópico de capricórnio. Carlos fumava seu cigarro de canabis e estava acomodado como fiel espectador daquele espetáculo. Nada mais o atraia na vida naqueles dias senão sentar-se ali e aguardar por aquele momento, para ele, sagrado.

Pouco antes, o Sr. Curi olhava para a praça como se estivesse hipnotizado, observando as crianças de camisa e calção curto a brincar na terra, algumas com bolinhas de gude, outras com carrinhos miniatura, outras pulando corda ou empinando pipas. Ao mesmo tempo, Sr. Curi ouvia o alvoroço dos pássaros se acomodando sobre os galhos das árvores. Ele respirava contente, não só a fumaça do baseado de Carlos, como também desfrutava os diferentes perfumes vindos da praça, trazidos pelo vento, enquanto era transportado para seu passado, uma infância de muita felicidade em ambiente um tanto parecido àquele. Sr. Curi era um caucasiano de meia idade, cabelos e cavanhaque grisalhos, magro e aparentava ter um metro e noventa centímetros de altura.

A Rua Olinda, onde estavam, foi muito perigosa em outras épocas. Havia muita malandragem, um salão de bailes, brigas e crimes, com roubos, traficantes e bebida alcoólica. Um lugar de áreas invadidas por quem não tinha outra opção. Gente esquecida pela sociedade, tratada com preconceito e desprezo. Com o tempo, a rua e a Praça tornaram-se mais seguras, as mães então confiavam seus filhos aos últimos momentos do crepúsculo, que brincavam como anjos, apesar de toda malícia que eles já escondiam por trás daquelas asas divinas e daquela angelical aparência, com tudo o que se aprende na escola da rua.

Sr. Curi voltou a si quando olhou para Carlos e perguntou:

— Você sabe se essa casa está para alugar? — Apontando para a segunda casa vizinha de Carlos.

— Não sei, não Senhor.

No mesmo instante, Sr. Curi pegou seu celular e fez uma ligação, enquanto caminhava a passos lentos na calçada da Praça. Alguém atendeu e o Sr. Curi pôs-se a conversar. Carlos não dava atenção à conversa. Estava "chapado" olhando o pôr do sol. Sr. Curi tirou uma caneta e um pedaço de papel do bolso e tomou nota do que ouvia, segurando o aparelho entre o ombro e a orelha esquerda. Agradeceu e despediu-se dizendo:

— Até amanhã, então. Obrigado — e desligou.

Virou-se para Carlos e disse em tom amigável:

— Fique esperto com o que a lei ainda não permite. Só para não cortar o barato. Até mais. — Virou as costas e saiu caminhando ao interior da praça, a contemplar o pôr do sol.

Carlos ficou um tanto atrapalhado, achando que aquele senhor pudesse ser um policial à paisana, ou sabe-se lá o quê. Para lhe acalmar, o sol lhe entregou a noite e estendeu seu manto sobre a terra. Sob a grande tenda celeste, as luzes dos postes da praça e da rua se acendiam. Daqueles pássaros nas árvores, se ouvia o que parecia uma orquestra, afinando seus instrumentos antes de um concerto. Logo estariam todos quietos para ouvir o silêncio. Na praça agora restavam apenas os anjos, nenhuma criança.

Aquela era uma das menores casas daquele quarteirão. Casa geminada, diziam. Quarto, sala, cozinha e banheiro. Media cinco metros de frente, por vinte e oito de fundo. Tinha a parede da janela do quarto da frente para a rua, rente à calçada. A entrada para a casa era pelo portão ao lado direito e com alguns passos pelo corredor de entrada se chegava até a porta da sala e da janela, sob um coberto de laje. O corredor continuava; passava pela janela da cozinha e do banheiro, depois descia três degraus para o nível do quintal em direção aos fundos da casa. Do interior da cozinha saia um pequeno corredor para o quintal e no meio deste, a porta de entrada para o banheiro. Desciam-se três degraus e à direita, estava o tanque de lavar roupa, sob um pequeno telhado "puxadinho". No quintal, com queda para o fundo, havia um poço no meio da divisa do terreno com o vizinho da esquerda, que servia água a ambas as casas. Havia dois canteiros de terra, um de cada lado dos muros vizinhos, da esquerda e da direita, de um metro e meio de largura por cinco de comprimento cada. No fundo havia uma pequena edícula com um banheiro ao lado. Apesar de pequena, era uma casa que atendia aos planos do Sr. Curi.

Dois dias depois, ele chegou com material de pintura, cimento, areia, tijolos, um pintor e dois pedreiros. Em dez dias estava tudo pronto. A reforma dividiu o banheiro com uma parede ao meio, criando o interno e externo, com uma porta para o corredor lateral. Na parede entre o quarto da frente e a sala, foi aberto um arco de ponta a ponta, transformando os dois cômodos em um amplo espaço. A cozinha foi mantida, mas a pia foi ampliada, ocupando toda a lateral da parede sob a janela, também ampliada, que recebia a luz do sol até três horas da tarde.

A casa parecia nova com aquela pintura branca na parte externa. Os detalhes, como calhas, portas e janelas foram pintados na cor marrom escuro. O piso do corredor em caquinhos, com seus diversos pedaços de cerâmica vermelha e detalhes em preto e amarelo, foi mantido, lembrando as obras de Gaudí. Os tacos de madeira no interior da casa foram lixados e, tal como alguém que faz a barba mostra seu semblante novo, assim pareciam os tacos, que combinavam com os rodapés em marrom escuro e as paredes na cor salmão, como se fossem novos.

Passaram-se mais alguns dias e houve apenas duas movimentações na casa, além das entradas e saídas do Sr. Curi, que sempre cumprimentava Carlos Antônio e seu baseado, acenando com a mão no fim da tarde, ao pôr do sol. Carlos acompanhava o movimento e lhe chamou atenção a chegada do caminhão de mudanças e de um carro pick-up, que trouxe terra, alguns vasos de diferentes tamanhos e algumas plantas.

O último movimento, foi quando chegou o toldo para ser instalado na frente da casa, ou melhor, do Restaurante e então Carlos se aproximou como habitual curioso sem escrúpulos. O grande toldo de cor amarelo ouro, trazia no centro o símbolo Sânscrito ॐ — "OM" — e abaixo RESTAURANTE VEGETARIANO, escrito na cor azul.

O Sr. Curi orientava os instaladores, olhando do meio da rua, dizendo qual a melhor altura para o toldo. Ao ver o jovem Carlos, perguntou:

— O que acha?

Olhos arregalados com tudo o que via, o rapaz respondeu positivamente, balançando o braço com a mão fechada e o polegar em pé, sinal de positivo. Sr. Curi o convidou a entrar na casa, se referindo a ele como o primeiro cliente.

— Você é vegetariano? — perguntou já sabendo a resposta.

— Não.

E a poucos vegetarianos Carlos conhecia além da Lú e seus amigos da escola de artes que um dia quis cursar, mas porque perdeu o emprego na época, não pôde mais continuar pagando a escola e assim abandonou o curso, se distanciando dos amigos. Na verdade, Carlos era usado apenas para aviar maconha a seus colegas, por morar no bairro onde havia o tráfico.

Ao entrarem, ainda caminhando pelo corredor, Sr. Curi se apresentou:

— Meu nome é Coriáceo Diogo Justo, Curi desde criança. E você?

— Meu nome é Carlos.

— E Carlos tem sobrenome?

— Sim. É Carlos Antônio Oliveiras. — Carlos continuava com seus olhos bem abertos, admirado com as cores do interior da casa que se complementavam; as mesas e cadeiras de madeira lixadas e recuperadas, o assoalho de madeira raspado, os quadros pendurados. Tudo se harmonizava. Carlos parecia estar filmando o ambiente com as lentes de sua curiosidade. Captava os detalhes nas formas e cores dos objetos, como de costume o fazia. Certo dia, disse a si mesmo: — "A Natureza deve ser observada calma e serenamente e, passado os detalhes, dilua-se na imagem".

Caminhando, Sr. Curi o conduziu ao fundo do quintal, atravessando a cozinha bem iluminada com a janela ampliada, bem equipada, com grande pia e mesa, armários novos, geladeira, freezer, forno e fogão adequados para o restaurante. Mais surpreso o jovem ficou ao chegar ao quintal e ver os canteiros transformados em hortas.

— Conhece essas plantas? — perguntou Sr. Curi.

— Não — respondeu Carlos, e, de repente, um sentimento de ignorância lhe acometeu a ponto de sentir novamente um vazio na cabeça, ou na mente, por não ter conhecimento das coisas. Carlos foi se recompondo a partir das apresentações formais feitas pelo Sr. Curi.

— Este é o alecrim, Rosmarinus officinalis. Conhece esse aroma?

— Sim, conheço o cheiro, mas nunca tinha visto a planta na terra. — Observando-as mais detalhadamente, reparou, com especial atenção, as pequenas flores azuis do alecrim.

— Ela vem da região do Mar Mediterrâneo. Os romanos chamavam-no Rosmarinus, que em latim significa "orvalho do mar", por causa de seu aroma. E — continuou Sr. Curi — esse é o orégano, esse é o tomilho e esse é o manjericão. Cada planta dessas tem sua história que data de mais de dois mil anos. E — prosseguiu — esse é o coentro, essa é a salsinha e essa é a hortelã.

Na verdade, Carlos nunca havia visto uma horta como aquela. Os novos pés de tomates cresciam bem distribuídos pelas laterais das paredes e seguiriam sobre uma linha atada de um bambu ao outro. Aquilo demonstrava que um estudo para o uso do espaço havia sido feito. E manteve só em pensamento, acompanhado de um sorriso malicioso, a observação de que ali faltava um pé de canabis.

O Sr. Curi tinha muito mais sobre o que conversar. Tomado pela presença de Carlos, um aluno naquele momento, apresentou--lhe resumidamente os princípios de Permacultura, da agricultura Biodinâmica e o que significava alimento orgânico. Muita informação para aquele dia, que encerrou com beterraba, rúcula, alface, rabanete, a erva-doce e couve. Tudo isso naquela pequena área. Tudo bem que era um pouco de cada, mas serviria para consumo interno, disse ele. No restaurante, tudo o que seria servido seria adquirido na feira de produtos orgânicos.

Antes que Carlos pudesse perguntar, ele lhe respondeu:

— Abriremos dentro de alguns dias. Aguardo a resposta de uma garçonete que entrevistei essa semana.

Carlos conversava consigo mesmo, em meio a um bolo de pensamentos involuntários — "Nunca tive um dia com tanta riqueza de informação e de novidades." Seu senso de curiosidade nunca esteve tão alerta. Quem seria a garçonete? Quem era o Sr. Curi, que trazia um restaurante vegetariano para o bairro? Um lugar que tinha como único atrativo aquele pôr de sol e a praça arborizada. Quem seriam seus clientes? Como iriam saber que ali havia um restaurante? Qual seria a reação da vizinhança? Agricultura biodinâmica e permacultura? Nunca tinha ouvido falar. Carlos se sentia atordoado com tantas perguntas, as quais não sabia responder. Acabou a aula demonstrativa e o sol se pôs, com o espetáculo exclusivo de cada dia.

Novamente, aquele sentimento de ignorância lhe acompanhou ao travesseiro naquela noite, mas agora a força do sono corria em suas veias como uma anestesia e lhe ocultava a consciência, convidando-a a vagar com a magia dos sonhos. E assim adormeceu.

O dia seguinte raiou e acordava o jovem Carlos banhado de ansiedade e expectativas que ele criava sobre o conhecimento do Sr. Curi, seu restaurante, sua horta e sua proposta de começar algo novo na vida, e naquela idade. Isso lhe roubou o resto do sono e levantou-se mais cedo do que de costume naquela manhã.

Não tomava café com seus pais já havia alguns meses. Animado, comentou com eles sobre o restaurante, a horta, o Sr. Curi e toda a história. Seu pai foi duro e seco:

— Peça emprego a ele — disse-lhe naquele tom que Carlos sentia como menosprezo. Não era carinhoso. Mas Carlos entendia. A vida judiou de seu pai também. Em sua vida, cavou sulcos no chão, caminhando pelo percurso que o levava do trabalho para casa, de casa para o trabalho, contando nos dedos o tempo que faltava para se aposentar e um dia ser feliz.

Por outro lado, sua mãe pareceu gostar da novidade e lhe fazia aquele gesto de "deixa pra lá, não liga pra ele", incitando-o a continuar contando as novidades.

O pai jogou um balde de água fria no rapaz, como sempre. A vida de Carlos estava sendo enterrada no vazio do dia a dia e nas incertezas da espera pelo que parecia nunca chegar; seu emprego, a escola, um amor. Nada muito diferente de outros jovens. O que de fato ele queria da vida, aos dezenove anos de idade, ainda não estava configurado em sua cabeça e não havia perspectivas em sua tela mental, uma planilha vazia. Enxergava um futuro opaco. Não havia um aplicativo para baixar em seu cérebro e resolver seu problema. Sentia-se enganado e havia percebido a ilusão de ter uma lista de "amigos virtuais" nas redes sociais da internet em seu aparelho de telefone celular, que mais parecia uma central de fofocas e outras besteiras. Mas ao mesmo tempo não conseguia sair daquele universo, relativamente novo, de hábito e costume. Tudo parecia estar acontecendo ali. A sociedade humana se transferiu para aquela plataforma virtual, com total proteção do indivíduo enquanto imagem na tela. Ele era capaz de enxergar o imaginário e o fictício, assumindo a condição de ser real, embora a maioria fosse falso, montagem. Quem disse o quê? Qual era a fonte? O que era verdade ou mentira? E para complicar ainda mais sua situação, Carlos começava a questionar os efeitos da canabis de todos os dias e a liberdade que ela lhe proporcionava, uma vez que era proibida e transitava pelo crime até chegar a seus usuários, um pouco inocentes, filósofos e espiritualistas anônimos desse mundo conflituoso.

Felizmente, ele não se dava muito bem com as drogas lícitas, o álcool, sal, açúcar entre outras, mas o apelo e a atração que exercia sobre si e seus amigos e amigas era indiscutivelmente tão forte quanto o poder do tabaco, ou da heroína sobre aqueles que se entregavam às primeiras tragadas de um cigarro cancerígeno.

Aquela manhã foi mesmo diferente para Carlos, que não pensou em fumar seu primeiro cigarro, mas sim, passar no restaurante para falar com o Sr. Curi.

Decidido por um forte impulso que, talvez acionado pelo comentário desafiador e sempre humilhante de seu pai, o conduziu até o Sr. Curi para lhe pedir um emprego. E o fez. Assim que o viu chegar, foi ter com ele. Mal disse bom dia. Afoito, falou o que lhe veio à cabeça inspirado pela coragem e a oportunidade.

— Bom dia, Sr. Curi.

— Bom dia, Carlos.

— Sr. Curi, por acaso o Sr. não estaria precisando de um ajudante para serviços gerais? — Cargo que ele inventou ali na hora.

Sr. Curi, com um sorriso no rosto que expressava ao mesmo tempo surpresa, continuou: — Muito bem, então vamos preencher o formulário e conversar sobre isso.

Ufa! Que alívio logo cedo, pensou Carlos. Toda pessoa ansiosa conhece os efeitos da ansiedade no corpo. Nervosismo, a face empalidecida, batimento acelerado, calor desagradável, o olhar no futuro e a expectativa na mente de que se realize o que se deseja. Assim, Carlos acompanhava o Sr. Curi até o portão do Restaurante.

O Sr. Curi abriu o portão do Restaurante, segurando com a mão esquerda uma sacola de plástico e, debaixo do braço, carregava seu notebook e algumas pastas contendo papéis. Apanhou a correspondência. Abriu a porta e entraram. Pediu a Carlos que se sentasse à mesa que lhe indicava. Foi à cozinha, depositou seus objetos sobre o móvel do minúsculo espaço que ali reservou como escritório e para o caixa do restaurante. Voltou com uma folha de papel, caneta, dois copos e uma garrafa de água.

— Aceita um copo com água? — perguntou e puxou a cadeira para se sentar. Entregou-lhe o formulário e serviu a água. Enquanto Carlos lia e respondia o formulário, Sr. Curi, de olho esticado, acompanhava o preenchimento quando interrompeu perguntando:

— Segundo grau incompleto? Por que parou?

Como sempre, Carlos se sentia mal quando tinha que responder a essa pergunta. A realidade de que perdeu tempo enquanto alguns de seus amigos e amigas seguiram adiante e já cursavam uma faculdade o deixava reduzido ao sentimento de fracasso e inferioridade. E, como sempre, apegado à justificativa que atribuía ao fato, começava a contar que foi obrigado a trabalhar e a estudar à noite e por isso, muitas vezes cansado, não ia à escola, dormia na aula, assim, desanimou e saiu da escola.

Carlos na verdade depositou sua confiança e esperanças na expectativa de que ganharia muito dinheiro trabalhando e depois voltaria a estudar, igual a tantos outros como ele. Tentou escola de artes, influenciado por uma namorada, mas também parou o curso, pois foi demitido do trabalho. Perdeu a namorada também, mas essa parte da história ele não preenchia no formulário. Permanecia como um arquivo em sua memória recente, que o condenava, nas sentenças de seus julgamentos mentais, onde todos da corte, juiz e jurados, eram ele mesmo, incapaz de advogar em causa própria.

Meio sem graça, Carlos assinou o formulário e empurrou a folha em direção ao futuro patrão que agora lia do começo ao fim, balançando a cabeça como se estivesse concordando com tudo. Levantou-se e, sem nenhuma palavra, se dirigiu a seu minúsculo escritório para guardar o formulário. Carlos hesitava em dizer qualquer coisa. Quando ficava nervoso, estalava os dedos da mão. A campainha da casa soou e relaxou a mente aflita de Carlos que aguardava uma resposta positiva do Sr. Curi.

Para surpresa de Carlos, chegavam o cozinheiro e a garçonete que o Sr. Curi aguardava. Ele os recebeu muito cordialmente, ofereceu água, foi à cozinha pelos copos, voltou e os convidou a se sentarem à mesa.

Carlos não sabia, mas a entrevista com o Sr. Curi já havia sido feita. A reunião, que o incluía, inesperadamente, era para uma rodada de apresentações e as diretrizes de trabalho finais. Com o cozinheiro, o assunto se prolongaria, pois a discussão sobre o cardápio e o preenchimento da planilha dos produtos, as compras, quantidades e os dias da semana levariam mais tempo.

Sr. Curi apresentou Carlos Antônio no cargo que ele autodenominou de "ajudante para serviços gerais". Disse que ele morava no bairro, duas casas ao lado e que parecia estar animado para começar. E seguiram-se as apresentações:

— Meu nome é Abdullah Ribamar. Muito prazer Carlos. Serei o cozinheiro, "ajudante para serviços gerais", também. — Todos riram.

— Sr. Abdullah é de São Luiz do Maranhão e tem muita história para contar, que eu espero ouvi-las, certo, Ribamar? — interveio Sr. Curi.

O sim de Ribamar, acompanhado de um suave sorriso no rosto, um balançar da cabeça de um ombro ao outro, como fazem na Índia e o olhar abaixo da linha do horizonte denunciava a modéstia de um ser bastante evoluído em seus cinquenta e quatro anos de idade, meio calvo, estatura baixa, afrodescendente, dizia "talvez do Mali ou de Togo"; falava quatro idiomas além do perfeito português com seu sotaque ludovicense.

Na sequência, todos olharam para a garota.

— Meu nome é Rachel Stikley. Sou canadense de Montreal. Desculpe meu português, mas estou estudando. Eu também venho trabalhar como "ajudante para serviços gerais! — disse a bela jovem pausadamente, sua frase elaborada na mente, proferida num tom calmo e amável, que combinava com seus cabelos loiros, seus olhos azuis e seu sotaque de estrangeira, provocando sorrisos e acolhimento dos demais.

— Então todos nós teremos o mesmo cargo, certo? Ajudantes para Serviços Gerais! Muito bom. Digo a vocês que estou muito contente e animado para começar. Lua cheia é um bom momento para esse nosso evento. Iniciar um empreendimento requer os pés no chão, a mente nos negócios e o coração em tudo. Espero que cada um de vocês se sinta o "Eu" desse restaurante e que tudo que fizerem o façam para servir a nós e nossos clientes. Ok? Começaremos no sábado que vem. Alguma pergunta?

— Meu horário então está confirmado das onze às quinze? — Pergunta Rachel.

— Sim. Tudo bem? Já falamos sobre seu serviço e hoje era só para uma apresentação e confirmação mesmo.

— Ok. Do I have to come back any other day before the opening?

— No, that is ok. I'll see you next saturday. — respondeu Sr. Curi.

Rachel se levantou. – Então eu vou embora. Boa semana para vocês. Até sábado. E despedindo-se com um beijo em cada um, saiu.

Seu namorado a aguardava no carro em frente ao restaurante. Ao entrar no carro ele perguntou: — How was it?

Ramdin era da capital do Suriname, Paramaribo. Filho de pais indianos. Ele conheceu Rachel no albergue onde estavam hospedados em São Paulo. Estava estudando português e procurava outro emprego temporário para manutenção de sua estadia no Brasil.

— Fine. — respondeu Rachel com expressão de contentamento. – It's going to be nice and I think there will be some time left to get another job. Rachel estudava português e dava aulas de inglês numa escola particular das sete às dez da manhã e restava tempo para outro emprego, que seria bem-vindo. Seu plano era viajar pelo Brasil e depois conhecer Angola e Moçambique, na África, por isso estudava português e com certa facilidade, pois já tinha um bom conhecimento em espanhol e, por ser de Montreal, falava francês e inglês. Rachel era realmente uma viajante, estava aqui, mas já planejado estar em outros lugares. Não estava fugindo de nada, ao contrário, trazia consigo tudo o que adquiria pelos lugares que passava, ódio, alegria, raiva, satisfações, fotos, amores, saudades, prazeres e muitas emoções e imagens registradas na memória. Ela sabia, por exemplo, que os viajantes têm privilégios, e não há outra palavra, concedidos pelas divindades. Os mulçumanos serão sempre cordiais com os viajantes e lhes oferecerão alimento e suas casas por até três dias. Desde a nossa concepção até o nascimento, e adiante, estamos numa viagem. Se considerarmos que uma alma, ou consciência, em nós encarna, significa que veio de algum lugar e, portanto, fez uma viagem, talvez cósmica, ou outro tipo de viagem que não conhecemos e segue conosco viajando.

No restaurante, a reunião continuava. O jovem Carlos estava entusiasmado com o que ele dizia ser o grande acontecimento de sua vida, até aquele momento. Dava-se conta de quanta coisa não sabia. Nunca tinha ouvido uma frase de inglês ao vivo. Quanta coisa do universo ele não tinha ideia de que existia. Entre a Rua Olinda, o Maranhão e o Canadá havia quilômetros de páginas contendo as disciplinas da escola da vida que ele ingressava naquele momento. Mas Carlos não apresentava os dons de ser um viajante, dons que despertam interesse em existir, viver por algum tempo em lugares pelo mundo. Ao contrário, Carlos herdava muito da sedentariedade de seu pai.

Sr. Curi e Ribamar, estes sim, viajantes, acertavam o mais importante: o cardápio para os seis dias da semana. O restaurante não abriria aos domingos. Eles optaram pelo sistema "self-service", uma mesa com vegetais crus e outra mesa com alimento quente, seguindo, mais ou menos, o cardápio que o vegetariano brasileiro de São Paulo está mais acostumado. Com uma exceção, Sr. Curi fazia questão de apresentar um diferencial no cardápio: se possível um prato indígena das diferentes etnias uma vez por semana e utilizar PANC – Plantas Alimentícias Não Convencionais, como o buriti, coração de bananeira, cará, taioba, beldroega e outros.

Seguiram com a reunião no quintal, agora que havia três mesas com cadeiras ao ar livre ao lado das plantas e das hortas entre outras decorações, como vasos de orquídeas pendurados na parede em estruturas de bambu, transformando o espaço num ambiente ideal para comer, conversar, meditar e contemplar a vida e o momento presente. O objetivo agora era ver as acomodações de Ribamar, o quarto da edícula em que iria morar, certificar-se de que lá e no banheiro ao lado estava tudo certo.

Ribamar adotou o nome de Abdullah – Servo de Deus, em árabe – após se tornar muçulmano. Seu primeiro nome no passaporte era Assis de Ribamar. O motivo pelo qual se converteu ao Islamismo era mais uma das histórias de quem viajou pelo mundo como ele. Ribamar morou em Dacar, no Senegal, por algum tempo, no ano de 1979, quando regressou de sua viagem ao Mali, na África. Lá se apaixonou muito, por tudo, pela diversidade do universo africano, pelos idiomas wolof e o francês, com sotaque senegalês, adorou a música, o alimento, hábitos e costumes. Mas se apaixonou mais por Ndeye Fatou, a mulher de sua vida, que abriu as portas de seu coração e lhe mostrou o berço de sua origem e tudo sobre a África e a fé islâmica. Ribamar então estudou os diversos autores e personalidades históricas do Islã. Para ele, o amor por Ndeye tornava os poemas de Rumi um oceano de emoções que banhavam sua alma e satisfaziam sua mente, sua inteligência, porque apesar da tradução para o português, as palavras de Rumi davam sentido à sua vida naquele momento em que ele se deixava levar por aquela estrada do sentimento maior. Os poemas de Al Gazali também, inspiravam seu coração ao declarar seu amor por Ndeye, que ele escrevia em versos na areia da praia, da orla em Dakar, e tornava a escrever e reescrever, depois de observar a espuma brilhante de cada onda, a apagar suas palavras de amor, escritas na areia. Do mesmo modo, encontrou no livro Alcorão o caminho que, de uma vez por todas, viria a seguir nesta vida. Encontrou a espiritualidade com base na justiça social. Um só Deus, seu mensageiro e um livro sagrado ditado por Deus.

Terminaram a inspeção e sentaram-se à mesa, no quintal perto da porta de entrada de sua habitação. Ribamar olhou o céu para ver o traçado do sol e certificar-se, através de um aplicativo no seu celular, o horário e a localização de Meca, para direcionar a realização de Salat, suas cinco orações diárias. Meca, cidade situada num vale desértico da Arábia Saudita ocidental. Ali nasceu o Profeta Maomé e a fé mulçumana. Ali se encontra a Caaba, a pedra preta, seria um meteorito, enviado pelo Arcanjo Gabriel a Abraão, um lugar repleto de significados, guardada por quatro paredes enormes, revestida de tecido de cor preta, com uma faixa dourada ao redor, sendo o centro mais importante para peregrinos mulçumanos.

Ribamar tinha os ensinamentos e demonstrava seu contentamento com as coisas, sempre com um pequeno sorriso em seu rosto de boca fechada. Havia ali, naquele pequeno quintal, algo que a simplicidade revelava somente a ele, através das formas, cores e da silenciosa vida das plantas ao seu redor, e que só ele possuía conhecimento e percepção do que lhe estava sendo revelado em seu risonho silêncio.

— Vamos tomar um "special tea"? — perguntou o Sr. Curi. Levantou-se e correu para a cozinha. Carlos olhou para Ribamar, mas este se adiantou. — E você, Carlos, me conte sobre si.

O jovem não se intimidou a responder humildemente que pouco tinha a dizer sobre si além de estar contente de ser recebido pelo Sr. Curi para trabalhar, pela oportunidade, o tanto de novidade e do quanto teria para aprender com todos ali.

O Sr. Curi voltou com o bule de chá e três copinhos que despertaram a atenção de Carlos, e mais ainda quando o Sr. Curi pegou o bule e serviu o chá, distanciando o bico do bule para verter o líquido no copinho e voltando a aproximar, sem deixar transbordar, causando uma espuma brilhante. Ribamar logo reconheceu o chá: — Ah, chá de hortelã! — exclamou com certa familiaridade e saudades.

A conversa se prolongava e a tarde terminava sem que percebessem. Pela primeira vez nos últimos meses, o jovem Carlos não se lembrou de seu "baseado". Esqueceu também de se deixar abduzir pela grande nave de fogo no horizonte entre nuvens, tal qual o cenário de Krishna e Arjuna na carruagem dourada e seus cavalos brancos ornamentados em ouro, parados no tempo e espaço para celebrarem o mais profundo e consistente ensinamento para a vida e uma vida espiritual.

Entrou a noite e o Sr. Curi aproveitou para inspecionar as lâmpadas dos fundos e resolver com Ribamar se estava tudo bem iluminado e se faltava algum ponto de luz. Havia planos para abrir o restaurante à noite também. Pensava em diferentes ocasiões e realizar eventos, como vernissage, lançamento de livro, noites de poesia e ceder o espaço para exposições. Foi então que Carlos notou luzes escondidas entres as plantas e vasos. Notou que havia luzes discretas até saindo da horta, de baixo para cima e de cima para baixo nas cores verde, amarela e azul, proporcionando um efeito, na fala de Carlos, "muito louco", e fantasiava, admirado, sorrindo como uma criança sonhando acordada um eterno momento de felicidade. O pôr do sol se aproximava e a hora de encerrar o expediente daquele dia também. Sr. Curi conferiu as correspondências e, entre as contas de luz, água e uma propaganda de pizzaria, havia uma folha de papel dobrada e nela fotocopiada um texto. Ele a pegou, desdobrou o papel e pôs-se a ler:

— Projeto Palavras Copiadas.

"Tudo o que eu vi, minha alma também viu, ouviu, tocou, degustou e respirou comigo.

Ah, minh'alma.

Como poderia eu a tudo mudar?

Mas como mudar tudo?

Apagar ou pagar por tudo que causei?

Passei o tempo com meu ego e nunca lembrei de ti, minh'alma.

Seja esta uma carta de pedido de perdão, mesmo piedade, e que não sirva a meu ego.

Você estava comigo quando eu ouvia a voz da lua; quando eu me dourava à amena luz do sol; quando me banhava no rio de água sagrada, no alba da noite, sem meu ego.

Agora lhe procuro em meus olhos; atravessando espelhos.

Ou de olhos fechados em meditação, na busca, com pensamentos dominados.

Agora, lhe espero para que me faça ver com você, tocar, degustar, respirar com você, alma minha, e que essa tristeza profunda, vá-se embora.

A dor eu suporto.

Tudo para ser feliz com você.

Você sabia, minh'alma, pacientemente, que no fim eu viria por você. Aqui estou.

Será você, minha alma, minha consciência espiritual?

Pois que eu seja a minha alma em mim, sem os sentidos, privado das sensações, que já nada importa, se eu estiver em minh'alma."

Sr. Curi abaixou o braço da mão que segurava o papel e ergueu a cabeça lentamente, olhando o vazio a sua frente. Levou o papel de encontro aos olhos novamente e voltou a ler, consciente de que se tratava de um diálogo com a alma, e, por algum motivo, algo o emocionou e encharcou seus olhos de lágrimas. Virou a folha e continuou a ler:

— *Projeto Palavras Copiadas.*

"Tudo o que está escrito foi copiado da mente em pensamentos, resultado das ações dos sentidos, após vontades e desejos realizados, ou não, na formação dos saberes e conhecimentos, depois de experimentar e entender o objeto da ação copiada ou um tema subjetivo, arquivados na memória, que se manifesta em ciclo padronizado, acordado ou sonhando, um vem e vai de pensamentos constante. A mente, os pensamentos e os órgãos dos sentidos no oceano da consciência."

"Na rua, os movimentos e as expressões do mímico fazem concretizar uma ideia ao seu redor. Nada existe ainda. Ele veste preto infinito, maquiagem e luvas brancas e uma cartola preta. O espetáculo imaginário começa a se formar na mente de cada espectador que para e o observa. A sequência de seus gestos atrai a plateia, pois nada se vê, mas tem algo a acontecer. Suas intenções faciais despertam sensações, entendemos o todo, e de um suspiro, palpita a emoção. Entre aplausos e sorrisos, o mímico surrealista acena com as luvas brancas. Não há gorjeta que pague a ideia concreta do nada, de ver o real inexistente e entender a forma imaginada. No fim, muitos aplausos e lágrimas incontidas. Os olhos negros na máscara branca, o espaço vazio entre duas mãos, me fez pensar em Deus. A platéia comovida e alegre se dis-

persa. O mímico humildemente se recolhe, o teatro da vida segue no palco da rua."

Antes de fechar o restaurante, Sr. Curi se dirige até o painel pendurado na parede para uso público e ali afixa o papel, sinal de que gostou e apoiaria o "Projeto Palavras Copiadas".

Naquela noite, Carlos repousou sua cabeça no travesseiro, colocou seu olhar no teto como sempre fazia antes de dormir e mesmo com a luz apagada, seguia admirando em sua mente o conteúdo do dia, como a horta de luzes colorida, o mulçumano brasileiro, a bela loira e seus olhos azuis, o novo emprego, e fazia projeções para o dia seguinte, e o seguinte, já com projetos para alguns meses, até que o sono o levou do finito teto do quarto para o infinito espaço dos sonhos.

Na manhã seguinte, sentou-se cedo para o café com sua mãe, dona Fátima e com seu pai, Diniz Oliveiras. Ninguém disse uma palavra. Ouvia-se apenas o tic-tac do enorme e antigo relógio sobre a geladeira e o ronco do motor dela. Sr. Diniz acabou o café, levantou-se e saiu, despedindo-se com apenas um seco "até mais". Dona Fátima o acompanhou até a porta como sempre fazia e a fechou atrás dele. Voltou-se rapidamente esfregando as mãos no pano de prato que levava consigo na cintura com o avental e, com um largo sorriso, se dirigiu ao filho adorado querendo saber tudo como foi.

— Em detalhes, me conte.

Carlos pôs-se a contar, mas não na mesma empolgação que sua mãe. Contido, demonstrava seriedade nos fatos para não deixar transparecer seu sentimento de inferioridade e insegurança causadas por sua ignorância. Contudo, passava a certeza de estar contente, para alegria de dona Fátima. Ninguém o queria tanto como sua mãe. A situação financeira da família estava apertada e dona Fátima chegou a fazer uma promessa à sua Santa, promessa essa que ela doaria o primeiro salário de Carlos assim que conseguisse um emprego e lhe disse sobre essa promessa. Carlos entendeu, mas em seus pensamentos, havia ressalvas. Pensou, ela poderia ter oferecido orações, velas ou flores, mas meu primeiro salário? Mas no fundo concordou. Carlos sabia do poder que há em fazer uma doação.

Dona Fátima tinha um pedido a fazer para Carlos. Ela não pôde se conter ao participar das conversas com alguns vizinhos sobre a chegada do Restaurante ao bairro e lhes disse sobre a horta que o Sr. Curi plantou em tão pequeno espaço, o que despertou interesse nesses quatro vizinhos em conhecer o Sr. Curi e sua horta. Assim, pediu a Carlos se poderia agendar essa visita com o Sr. Curi.

O jovem seguiu para o Restaurante assim que notou a chegada do Sr. Curi. Ajudou-o a descarregar alguns pacotes do carro e aceitou o convite para o café. Ribamar os aguardava com a mesa posta e o café coado. Carlos fez questão de começar com a notícia de que o restaurante já era comentário na vizinhança e que alguns vizinhos gostariam de conhecer o Sr. Curi, o restaurante e a sua horta. Olharam-se entre si surpresos, mas receberam a notícia com satisfação. O Sr. Curi apressou-se em concordar com a visita desses vizinhos e abria a agenda para aquele mesmo dia à tarde, caso eles pudessem vir. Tomaram o café e Carlos saiu para informar dona Fátima que o Sr. Curi os receberia naquela tarde.

Antes da chegada dos grandes supermercados, a maior parte das casas naquela e outras vizinhanças cultivavam suas hortas em seus quintais e era comum a troca de produtos entre eles. Alguns vizinhos combinavam entre si e cada um plantava um determinado legume diferente para compartilharem numa boa cesta. Parece que ficaram interessados e gostariam de resgatar aquela prática.

Naquela tarde, vieram acompanhando dona Fátima o Sr. Benedito e dona Isidora, sua esposa, dona Maria Joana, dona Dêja e o Sr. Juca.

O Sr. Benedito, Sinhô Bene, como era chamado por todos, era o mais velho da vizinhança, com seus oitenta anos; afrodescendente, ele tinha o olhar da sabedoria da vida e uma energia incomparável. Ele ainda mantinha sua pequena horta em seu quintal, mas fez questão de vir ao encontro para conhecer as novidades "técnicas" referentes à permacultura e à agricultura biodinâmica, conforme ouviu na fala de Carlos. Ele também ficou curioso em conhecer um restaurante vegetariano. Já tinha ouvido falar desse povo que não comia carne, e achava que era coisa de artista de televisão.

O RESTAURANTE VEGETARIANO E A PRAÇA ENCANTADA

Chegaram todos juntos para a reunião. Adentraram ao restaurante caminhando lentamente e a tudo observando com agrado. Aqueles eram passos da humildade, respeito e agradecimento por serem recebidos. Não vieram vestidos com roupa de missa de domingo. Nenhuma maquiagem e nenhum perfume necessários. A simplicidade bastava para torná-los mais elegantes ainda. Foram dirigidos até o quintal para verem a horta. O largo sorriso em cada um deles foi espontâneo e imediato ao verem a mesa posta com toalha verde, talheres, pratos, pires e xícaras de chá como parte da calorosa recepção do Sr. Curi e de Ribamar, que se somavam à gentileza de servirem o *"special tea"* de hortelã, torradas com manteiga, bolachas e doce de abóbora feito por Ribamar naquela manhã.

Apresentações à parte, o Sr. Bene estava mais interessado na horta. Em sua primeira olhada reconheceu três pequenos pés de gengibre e mais três de açafrão da terra, exclamando que há tempos não os via plantados em hortas. Apertou as folhas de uma planta pequena e antes de aproximá-las das narinas foi dizendo: "é muito bom o cheiro do orégano". E continuou reconhecendo plantas, admirado e contente de ver aqueles dois pequenos canteiros recentemente formados e bem cuidados.

— Sinhô Bene, eu gostaria que viesse ver o que recebi esta manhã — convidou Sr. Curi. — Veja, são estas caixas para o "minhocário". Na verdade, é uma compostagem doméstica de pequena escala, mas com bons resultados. Quero aproveitar o resíduo orgânico da cozinha do restaurante. Teremos bom húmus e chorume. Comprei pela internet, as caixas e as minhocas, pronto para começar a produzir. Hoje em dia é assim, tudo muito fácil, não é mesmo?

E continuou explicando como funcionava o minhocário, captando a atenção dos demais. Em seguida, começou a fazer uma introdução sobre permacultura e depois sobre a agricultura biodinâmica, um pouco mais complexa. Resumiu sua palestra dizendo que "uma horta pede que alguém cuide dela para existir". Todos riram. Acrescentou que "o mais difícil é começar", mas que juntos poderiam aliviar o peso da mão de obra inicial, propondo que começassem com a horta na casa do Sinhô Bene.

Aceito por consenso, também ficou estabelecido o dia e as casas seguintes. Uma salva de palmas os levou ao chá, torradas com manteiga, bolachas e doce de abóbora. Nascia ali uma amizade que havia muito tempo não acontecia na vizinhança. O "special tea" já estava fazendo efeito no coração de cada um, manifesto na troca de olhares expressando alegria e confiança naquele novo relacionamento.

Todos se despediram, mas seguiram o Sinhô Bene, que atravessou a rua em direção à praça. O dia estava se preparando para se tornar noite. O clima estava tão agradável quanto o encontro que acabaram de deixar. O Sinhô Bene se sentou naquele banco de costume. Os demais se sentaram ao seu redor, olhando na direção do pôr do sol. Ali era um lugar alto, como o sagrado. Havia um morro do lado esquerdo, outro do lado direito e o fundo do vale terminava no espelho d'água de uma pequena parte da represa que era possível avistar dali. O Sinhô Bene pôs-se a lembrar de como era aquela paisagem quando ali chegou criança com seus pais e avós. Não havia aquelas casas antes das invasões e ocupações de terrenos. Na visão de menino pequeno do Sinhô Bene, aquilo parecia uma enorme floresta com seus habitantes imaginários, leões, elefantes, cobras, jacarés e todo o zoológico que certa vez visitara com seus pais e trazia gravado em sua memória. A cidade de São Paulo crescia, despejando para aquelas áreas as pessoas que chegavam sem dinheiro, na esperança de encontrar trabalho. Houve muita devastação. Muitas famílias chegando. Áreas verdes desapareciam e davam espaço às trilhas como ruas, casas e pessoas a habitarem, mas sem nenhum planejamento e nenhuma estrutura urbana, sem água ou luz e o esgoto correndo morro abaixo até a represa. Com o tempo, o que era belo cheirava mal e contaminava, mas havia ali a certeza de se possuir uma casa que abrigava do tempo, sol e chuva, com um teto de folha de zinco, quatro paredes de tábua e madeirit, uma janela e uma porta de lata com um furo para passar a corrente ao batente e fechar com o cadeado.

— Hoje essas casas são todas de alvenaria — rompeu o silêncio o Sinhô Bene. – Mas não foi fácil, não. Muita gente morreu em deslizamento de terra. Era construção sem projeto de engenharia, em solo e lugar errado. Doenças, álcool e drogas também

O RESTAURANTE VEGETARIANO E A PRAÇA ENCANTADA

levaram muita gente embora. — Sinhô Bene deu uma pausa para conter a emoção, pois se lembrou daqueles que conheceu e continuou: – Ninguém vivia seguro em terreno invadido dos outros. Não havia garantias, mas havia quem vendesse o que não lhe pertencia e gente inocente que comprava enganados pelo "bom preço". — O Sr. Curi prestava bem atenção. Havia entre eles um jovem, conhecido pelo apelido de "Zoom", estudante de cinema, que não apenas prestava atenção, mas também gravava toda a fala de Sinhô Bene e dos demais, com consentimento deles. Zoom e seus colegas de curso tinham muito interesse na Praça, principalmente após notarem o movimento espontâneo dos moradores que surgiu ultimamente em cuidar e usufruir dela.

— A bondade, na cabeça e no coração das pessoas nessas condições era tanta que o diabo abusava, vinha e se escondia, se misturava entre todos e disfarçava. A polícia vinha buscar suspeitos de qualquer coisa. Tinha tiros e mortes. Mas entre o povo não havia o que invejar. A solidariedade e a compaixão eram naturais. Nossa reunião de hoje me fez lembrar o tempo quando aqui uns ajudavam os outros e parecia que todos cresciam — concluiu Sinhô Bene.

Dona Isidora, com os olhos vermelhos, não escondia a pupila negra embarcada sobre as lágrimas no olho, e o nó na garganta lhe dificultava engolir e falar, só de lembrar daqueles tempos difíceis. Dona Maria Joana e dona Dêja também se emocionaram com aquela fala e as lembranças em suas mentes.

— Eu tenho vinte anos a menos que o senhor, mas ainda me lembro desse inferno — disse o Sr. Juca. — Eu odiava tudo isso aqui quando era criança. Eu imaginava um mundo diferente na cidade, no transporte nas ruas, nos filmes dos cinemas, nas lojas de luxo. Mas ao mesmo tempo eu lembro que a cidade me intimidava e me dava medo. Acho que por isso estou aqui até hoje. — Todos riram.

— Eu ficava tão ocupada com o pessoal que eu recebia na pensão que nem pensava no que estava acontecendo no mundo. — Pegou o bastão dona Dêja, em sua fala rápida e seu sotaque arrastado do interior da Bahia. — Eu só me preocupava em orientar meu pessoal.

Enquanto falava, de sangue, pele e alma africana, ela tirou seu lenço branco enrolado na cintura da saia longa e dele tirou seu pequeno cachimbo curvo de preto velho. Ajeitando o fumo com o dedo indicador, cruzou as pernas, e continuou a falar – Meus hóspedes vinham do Nordeste, indicados por parentes que estiveram na pensão comigo para ganhar a vida aqui em São Paulo, mas eu vi foi muitos deles perderem a vida por não me ouvirem e se meterem com coisa errada na desgraça da cidade grande. Naquela época eles chegavam com aquela mala quadrada feita de lata de óleo aberta, soldada uma na outra. E na cabeça vinha a trouxa, como se dizia, tudo enrolado naquele lençol amarelado de ser lavado em água barrenta de rio. — Dona Dêja levou o cachimbo à boca e acendeu o fósforo sobre o fumo, pitando e soltando fumaça branca. – Quando eu vim para cá, depois que acabei com a pensão, já encontrei tudo mais ou menos do jeito que está. — Mais umas baforadas e mudando de assunto, disse: — Sim. Eu estou animada para plantar minha horta lá no quintal de casa, e conto com a ajuda de vocês. E, Sr. Curi, me dê a receita de seu chá e das bolachas de Sr. Ribamar, pode ser?

— Com certeza dona Dêja! Pode deixar. Ainda vamos falar muito sobre receitas e comidas — exclamou o Sr. Curi.

Dona Maria Joana não era de falar muito. O marido a abandonou deixando-a com seus dois filhos pequenos para criar. Não quis mais saber de homem para viver. Teve dificuldades para criar os filhos e trabalhar ao mesmo tempo, confiando apenas em Deus e na escola do bairro. Infelizmente seus filhos foram vítimas da criação solta no mundo do satanás, como ela costumava dizer. Cedo teve de obrigá-los a trabalhar e a independência lhes insinuou escolhas erradas. Desde que seus dois filhos foram assassinados, ela quase não falava. Hercílio tinha vinte e um anos e Florisvaldo tinha vinte e estava com HIV quando ambos morreram. Foi dívida de droga e outros acertos, diziam. Sempre séria e sisuda desde então, dona Maria Joana realizava o que tinha para fazer sem dar um pio e sempre tudo muito bem-feito. Seu silêncio era pura meditação e concentração no que fazia. Em seu silêncio, contemplava ao Deus de religião nenhuma e não queria pensar em mais nada. Trabalhava como diarista de limpeza, como sempre o fez. Deixou de ir à missa e não aceitava nenhum convite para ir a cultos evangélicos, apesar da insistência de muitos pastores em vão. Só veio àquele encontro mesmo porque dona Isidora, dona Dêja, dona Fátima e os demais insistiram muito para que viesse. Convenceram-na dizendo que, ao se ocupar cuidando das plantas, alegraria seus filhos onde estivessem; e que teria na mão os temperos e legumes que precisasse sem ter que sair para o mercado a toda hora, o que ela mais odiava, pois encontrava gente falante, ousada, cheias de perguntas e de querer bisbilhotar na vida alheia.

Dona Fátima tinha que preparar o jantar do Sr. Diniz, como sempre fazia. Despediu-se agradecendo a todos ali na praça com um contentamento irradiante. Não sabia o que a deixava mais alegre, se o filho que conseguiu um trabalho digno, se a vinda de dona Maria Joana ao encontro, a benção do Sinhô Bene e dona Isadora ao projeto, ou se o sentimento de liberdade e coragem que ela teve por sua iniciativa aceita com sucesso pelo Sr. Curi e os amigos vizinhos.

Naquele dia, como comemoração, o jovem Carlos saiu para fumar um baseado no outro canto da praça e juntar-se aos colegas que já aguardavam a consagração de mais um dia do "Astro Rei". Ribamar foi rezar. Sr. Curi fechou o restaurante. Os demais caminhavam para suas casas iluminados por aquela luz dourada no céu.

Nenhum pôr do sol é igual a outro. Nem gente. São exclusividades para quem os observa. Até mesmo quando o céu está encoberto por nuvens, a virada do dia para a noite é um cenário diferente e certo. São como os pensamentos da gente, que vêm e que passam, e seguem para quem os observa.

Em alguns dias, a lua, rainha da noite, entraria em cena do lado oposto do sol, humildemente mostrando sua luz esplendorosa por ela refletida, só para ele se exibir com sua beleza, como faz o pavão com suas penas. O mundo dá voltas, e não espera por ninguém, como o pôr do sol.

Faltando três dias para a inauguração do restaurante, Rachel aparece um tanto triste procurando pelo Sr. Curi. Ribamar a recebeu e notou que alguma coisa não estava bem.

— Sente-se, Rachel, está tudo bem? — perguntou-lhe com uma expressão de preocupação. – O Sr. Curi deve chegar a qualquer momento.

— Obrigada, Ribamar. Não está tudo bem, não. Meu namorado, o Ramdin, foi deportado hoje para Paramaribo, no Suriname. Ele já estava aqui há mais de um ano e com o passaporte vencido há seis meses, sem dinheiro e trabalhando ilegalmente.

— Eu sei bem o que é isso — consolou Ribamar. — Eu procurava não me complicar com visto de entrada e passaporte nas viagens. Muitos que conheci durante a viagem foram deportados a seus países de origem. Isso causava um grande retrocesso em suas vidas. Não é legal. Olha! O Sr. Curi chegou.

Rachel ainda não havia concluído sua fala sobre o que não estava bem. Quando olhou para o Sr. Curi, seu rosto enrubesceu e seus olhos ficaram vermelhos ao redor daquele azul claro que minava lágrimas.

— Oi, Rachel, tudo bem? Já quer começar, que bom! Mas que cara é essa, chorando por quê? Vem aqui, me dê um abraço.

Aí sim, ela desabou e o soluço não a deixava falar, até se recompor com a intervenção de Ribamar lhe oferecendo um "special tea", que ela tomou como um bebê que se agarra a uma mamadeira.

— Conte. O que aconteceu?

— Eu não vou poder ficar no Brasil. — E desabou novamente, mas dessa vez continuou falando aos soluços. — Viajarei na terça feira para Angola. Lamento muitíssimo, Sr. Curi. Achei que pudesse estender minha estadia aqui, como meu namorado, mas ele foi pego e deportado hoje. — E contou-lhe a história, que temia que fosse lhe acontecer também.

— Uma pena, Rachel, mas acho muito prudente sua decisão. Eu sei o que é isso. Já passei por situação parecida. Aqui nós vamos dar um jeito, tenho certeza. Não se preocupe. Vem, vamos almoçar que está na hora. Ribamar, meu amigo, mesa para três, ou melhor, para quatro, o Carlos também chegou e vai almoçar.

— A notícia correu.

O RESTAURANTE VEGETARIANO E A PRAÇA ENCANTADA

Naquele mesmo dia, no fim da tarde, a filha adotiva do Sr. Juca já estava fechando com o Sr. Curi para começar a trabalhar no lugar da Rachel. Carlos apressou-se em falar com sua mãe, que se lembrou da Marinei. Coincidentemente, ela esteve desabafando com dona Fátima havia alguns dias sobre seus problemas, desemprego, falta de dinheiro entre outros. Marinei confiava na mãe de Carlos e nele, quando o acompanhava em alguns fins de tarde a ver o pôr de sol na praça.

Marinei teve uma vida difícil já com pouca idade. Ela não conheceu o pai. O irmão mais velho estava preso por roubo e tráfico de drogas. A irmã, três anos mais velha, engravidou do companheiro que a levou sem deixar endereço. Os outros dois irmãos mais novos, só o caçula conheceu o pai, o Sr. Juca, seu padrasto, que ainda vivia com sua mãe. Aos dezoito anos, por influência de amigas e por querer uma vida financeira melhor, Marinei embarcou na prostituição. Conheceu muitos homens, mas um estrangeiro a convenceu a viajar com ele para a Europa e ela foi. Um mês depois ela se deu conta de que seria uma escrava do sexo. Passou a ser castigada e levava uma vida de prisioneira. Até que conseguiu escapar. Conheceu por lá uma pessoa que lhe ajudou muito, escondendo-a, deu-lhe abrigo e ajuda financeira para tirar outro passaporte e comprar uma passagem para o Brasil. Fazia dois anos que estava de volta, bastante traumatizada e ainda sob os efeitos do arrependimento, mas com muita gratidão pela proteção que recebeu e por não ter acontecido nada pior. Soube de outras garotas que não tiveram a mesma sorte. Viciaram-nas em heroína, batiam e as ameaçavam de morte. Desde que chegou, ganhava a vida com trabalhos temporários em salões de beleza ou vendedora de produtos de beleza.

Marinei era resultado da miscigenação brasileira, a qual as origens dos cruzamentos se perdiam no passado. Ela poderia ser bisneta ou neta de avós cafuzos com mamelucos ou mulatos, como seus pais também. Ela tinha a pele morena, da mistura de jambo com mogno, e mesmo assim uma descrição pobre de sua maravilhosa cor de pele. Tinha cabelos pretos espessos, meio liso meio crespo, olhos pretos e lábios grossos. Vivia num corpo com contornos de invejar qualquer mulher. Marinei tinha presença, não arrogância. Ela atraia a qualquer homem, o que quisesse, mas estava um tanto cheia deles. Frequentava o terreiro e agradava seus orixás com oferendas, o que lhe trazia segurança e paz.

Marinei gostou de ter sido lembrada e convidada para o cargo. Recebeu a oportunidade de trabalhar no Restaurante com curiosidade e pela novidade de algo que nunca havia pensado. Carlos, Sr. Juca e dona Fátima foram mais do que suficientes para convencê-la. Faziam elogios ao projeto e sinalavam perspectivas para o futuro com a possibilidade de uma nova ocupação: aprender e abrir seu próprio restaurante. Era o que Carlos também vislumbrava depois de acompanhar a chegada do Sr. Curi e de como ele se estabelecia com determinação.

A biografia da Marinei sensibilizou o Sr. Curi, e o fato de ela humildemente aceitar o cargo de garçonete fez com que ele a contratasse imediatamente. Um dia antes da abertura do restaurante, ela entendeu e aprendeu o que deveria fazer e demonstrou ganas no que fazia.

O único com real experiência no ramo era o Abdullah Ribamar. Ele já havia trabalhado em outras cozinhas, e aprendeu "queimando a barriga no fogão", como diziam. Não teve a oportunidade de estudar gastronomia e tudo o que sabia aprendeu na prática, de faxineiro, lavador de louça, ajudante de cozinha e finalmente cozinheiro.

Sr. Curi e Abdul – assim o chamavam às vezes – tinham algumas coisas em comum: viajaram bastante, amor por uma alimentação saudável e muitas histórias para contar. Logo, a amizade deles revelava o que parecia ser um relacionamento de muito tempo.

Quando começavam a relembrar as aventuras pela África Ocidental, aí a conversa ia longe com as narrações de suas vivências. A viagem no teto do trem de Dakar a Bamaco, no Mali, contava Sr. Curi. O acampamento com os viajantes nômades no deserto do Saara, ao norte da cidade de Tombuctu, também no Mali, contava Ribamar. Lembravam o mercado da cidade de Uagadugu, em Burkina Faso, e o mercado da Medina em Abidjan, na Costa do Marfim, essas lembranças ilustraram algumas semanas de histórias entre eles. Porém, ao fim de cada conto, pairava no espaço entre seus olhares o que somente a memória trazia registrado, um universo muito maior do que as palavras poderiam descrever, seguidas de uma tristeza velada pelo silêncio do fim das histórias contadas, paradas num tempo passado, mas que pareciam estar vivas no momento presente.

Os preparativos para a inauguração do restaurante foram os mesmos como seriam no futuro dia a dia de seu funcionamento. O Sr. Curi não queria nenhum "Opening" glorioso. Queria apenas começar a servir. Sem dúvida que ele antes teve a preocupação de informar, via alguns meios comuns; mandou imprimir panfletos com o logotipo do toldo de entrada e distribuiu pelo bairro, e por onde quer que fosse pela cidade, informando que o restaurante estaria aberto naquela data, um dia de lua cheia.

Carlos chegou às sete da manhã naquele sábado e Abdul já estava com muita coisa adiantada. O Sr. Curi chegou logo em seguida e não aparentava nenhum nervosismo. As tarefas foram distribuídas e, no silêncio da concentração do que estavam fazendo, o tempo os aproximava do momento em que tudo estaria pronto para ser servido. As folhas e demais legumes crus para saladas, os molhos e temperos e as duas opções de pratos quentes estavam na mesa bem apresentados, de maneira simples, alimento caseiro. Suco natural e a sobremesa, com duas opções de tortas doces, doce de fruta e frutas cruas. No corredor de saída estava a mesa com duas garrafas térmicas, uma com o digestivo chá de erva-doce e outra com o tradicional café coado. Por um fator de sincronicidade, todos vestiam algo na cor verde, do largo vestido da Marinei à camisa verde clara do Carlos e as calças verde musgo do Abdul e do Sr. Curi, ambos de camisa branca.

Pouco antes do meio-dia, começou a chegar gente. Eram conhecidos de conhecidos que vieram prestigiar a nova opção de restaurante e o único vegetariano na redondeza. O Street e o Folha, os filhotes vira-latas, vegetarianos, assim batizados pelo Sr. Curi, que apareceram no restaurante, marcaram presença cedo. Comeram sua ração com cenoura e se foram.

Duas mesas estiveram ocupadas por estrangeiros, amigos de Rachel e Ramdin. Ouvia-se francês e inglês sendo falado em bom tom entre uma frase e outra em português de aprendiz. Carlos e

Marinei riam um para o outro dizendo orgulhosos que se tratava do "restaurante internacional do bairro", mais do que elegante.

Logo começaram a chegar pessoas que vinham conferir o anunciado, elogiando e dizendo: "até que enfim um restaurante vegetariano no bairro!".

O presidente da ONG protetora dos animais fez questão de estar presente, elogiando a iniciativa do restaurante. Pediu permissão para poder divulgar a ONG com seu pequeno informativo sobre a causa da proteção animal. Nesse informativo, de quatro páginas, havia muito para se aprender. Um interessante artigo de uma Dra. Psiquiatra e um Dr. Neurologista sobre os resultados positivos de estudos com pessoas portadoras de algum tipo de doença que viviam com animais de estimação. Havia endereços úteis de abrigos; de veterinários que, solidários, atendiam sem cobrar aos animais sem dono; de advogados que abriam processos contra maus tratos e outras curiosidades.

Vieram também os conhecidos de Carlos e Marinei. Uma turma um pouco mais extrovertida e até mesmo barulhenta, mas sem faltar com o respeito. Ouvia-se entre eles alguém no ensaio de batucada com os dedos sobre a mesa, acompanhando a estrofe de uma música que logo levantava um coro de acompanhamento: "Vou apertar, mas não vou acender agora...". Em tom de brincadeira um deles disse: "Sem hipocrisia, ninguém aqui é vegetariano, mas todos já passaram várias vezes sem ter carne para comer, e não fez falta". Alguns até aplaudiram a fala do amigo de tão verdadeira.

Sinhô Bene e dona Isidora vieram com os netos. A família era grande: três filhos e quatro filhas, mas não vieram. Esses netos eram das duas filhas separadas que moravam com o Sinhô Bene e dona Isidora. Duas meninas e dois meninos, todos elegantes, com brilho no olhar e desembaraçados. As crianças esperaram que dona Isidora definisse a mesa e logo se adiantaram com seus pratos. Olhavam atentamente a tudo o que estava exposto. Sabiam o que queriam e serviram as quantidades que iriam comer, atentos ao desperdício. Uma consciência adquirida em berço.

Uma viatura da polícia parou em frente ao restaurante. Marinei olhou e reconheceu os policiais que faziam a ronda no bairro e saiu a cumprimentá-los. Sr. Curi também notou e de longe acenou, convidando-os a entrar e comer.

— Obrigado! Uma próxima vez — respondeu o policial e brincando disparou: — Marinei, quando é o cardápio da picanha? — Rindo, se despediram, e Marinei voltou ao trabalho, fazendo o sinal de positivo com a mão. Ela sabia que era o centro das atenções, mas não queria mais ser apenas o centro dos interesses sexuais.

Faltando meia hora para fechar o restaurante, dona Dêja e dona Maria Joana apareceram. Dona Dêja, mais extrovertida, provocou: "É jabá com farinha, é?". Séria, dona Maria Joana desviou e foi à mesa olhar o que iria comer. Pegou o prato e começou a se servir. Puxou dona Dêja pela blusa para que fizesse o mesmo.

Em respeito ao jeito de dona Maria Joana, ninguém fez cerimônia à chegada delas, só mesmo o cordial cumprimento de boa tarde dos presentes, mas era impossível não rir da divertida dona Dêja que provocava alegria; queria ter companhia para compartilhar seu contentamento, queria ver gente alegre, bastava o entristecer vivente.

Dona Dêja passava dos oitenta anos, mas ninguém dizia. Era magra, de estatura média e temperamentos colérico e sanguíneo. O lenço amarrado na cabeça não escondia as raízes brancas de seus cabelos. Quando abria o sorriso, brilhava no canto direito da boca seu dente de ouro, iluminando sua felicidade vivida. Tinha muita história para contar, de quando possuía sua pensão para homens, na casa alugada da dona Maria portuguesa, em São Paulo capital.

Ela era uma empreendedora guerreira de seu tempo. A casa que ela alugava tinha uma sala grande na frente, ocupada com oito camas e mais dois quartos com três beliches cada, mais a copa, a cozinha e dois banheiros. Dona Dêja era enérgica com seu povo, ela gritava e dava bronca em tudo que via de errado naqueles meninos, assim os tratava, de "os meninos". A pensão vivia cheia. Dona Dêja cozinhava, limpava a casa, fazia as compras, tratava com os hóspedes e tinha apenas uma jovem que a ajudava. Quando tinha tempo para uma prosa e pitar seu cachimbo, ela destacava as histórias da hospedagem a alguns velhos jagunços do cangaço foragidos, mas não eram procurados e tampouco sabiam se eram ou não. Esses jagunços eram Senhores com setenta anos de idade naquela época, em 1965, e apesar de estarem em

São Paulo, mantinham o traje cangaceiro, com chapéu, chinelos e cinto de couro, mas sem rifle, nem peixeira. Deles é que se ouviam histórias de vida e morte, de azar e sorte, onde o diabo se via encarnado, escorrendo na lâmina da faca, e Deus, só depois, nos olhos do anjo, deixando o corpo do esfaqueado, se fosse santo.

Dona Dêja se alegrava com os hóspedes que chegavam com sanfona, violão ou pífano e se punham a tocar. Logo tinha quem tirasse do guarda-roupa velho, encostado no canto, a zabumba, como o coração da melodia, o triângulo, de timbre sagrado, o ganzá e o agogô para fazer companhia. Esses foram instrumentos que já haviam sido deixados de presente para a pensão por outros pensionários. Juntos, os meninos faziam um arrasta pé certo, um forró, um xaxado ou baião que dona Dêja fechava os olhos e a música a levava para matar as saudades em seu coração.

Dona Dêja gostou e elogiou a comida vegetariana nos comentários que fez com dona Maria Joana, que tinha a mesma opinião.

E com elas os últimos clientes saíram. O Sr. Curi logo fechou a porta do restaurante. Ninguém parou para almoçar e o combinado ficou que, quem quisesse, poderia parar, mas nesse primeiro dia todos estiveram unidos pela força de uma mesma intenção: fazer tudo dar certo. E aconteceu!

Sr. Curi chamou Marinei, Abdul e Carlos para almoçar à mesa do quintal e, bastante emocionado, agradeceu a Deus e a cada um deles presentes. Ele falou do resultado, quantos clientes, quanto dinheiro entrou e as caixinhas. Disse em tom enfático "sobrou" pouco alimento, pois melhor, não faltou. Em especial agradeceu a Abdul por estes cálculos. Agradeceu Marinei e Carlos pelo atendimento impecável e por não quebrarem nenhuma louça. Agradeceu a Marinei em especial pelas pequenas flores brancas, amarelas, azuis e lilás, que ninguém sabia o nome, colhidas do mato, dizem, na praça e colocadas em cada vasinho sobre as mesas.

Deu tudo certo e deveriam comemorar. Ninguém entre eles quis arriscar comentar sobre a sorte; se foram os incensos que o Sr. Curi acendeu pela manhã, se as orações de Marinei, de Carlos e de dona Fátima, ou o que estava nas intenções das orações de Abdullah, que quase despercebido escapou quinze minutos para orar Salat Zhuhr, logo depois do meio-dia, a segunda oração do dia para os mulçumanos.

Juntos se serviram e apreciaram a boa comida que foi apresentada no cardápio do primeiro dia: Alimento cru: cenoura e beterraba raladas, alface, repolho roxo ralado, erva-doce fatiada, tomate, rabanete ralado, pepino em fatias, rúcula e couve fatiada bem fininha. Molho vinagrete, molho de ervas finas com manjericão, orégano, tomilho, alecrim e alho amassado com sal e azeite, molho de gengibre no azeite e molho de hortelã no azeite e sal. Na mesa de salada também estavam alguns legumes cozidos: jiló, batata-doce, vagem e inhame. Os pratos quentes foram: arroz integral; feijão carioquinha com abóbora e tofu defumado; brócolis e talos de salsão fatiados puxados no azeite com molho de ervas; batatas cozidas com couve-flor no leite de coco e curry; torta com farinha integral e recheio de berinjela com cará e ervilhas no molho de tomate e ervas; tiras de tofu à milanesa. A opção indígena foi o prato Caiçuma feito pelas tribos da floresta do Acre: cozido de mandioca com banana da terra e amendoim torrado. Foi servido suco de limão com gengibre e hortelã e suco de maracujá. Café e chá com biscoito de polvilho com erva-doce.

Esse dia foi um sábado, quatorze de setembro do ano dois mil e dezenove. Última semana do inverno daquele ano. As sementes que foram plantadas, germinarão. No céu, a lua cheia surgindo de um lado, logo após o pôr do sol do outro, simbolizavam o equilíbrio para aqueles que os contemplavam naquele momento. O restaurante era uma realidade. A praça estava irradiante e convidativa. Notava-se que estava mais cheia de gente. O espetáculo era gratuito. A turma da canabis não estava isolada, mas sim, em harmonia com os demais.

A primavera é sempre expressiva em qualquer lugar, até no deserto. Nessa região do trópico de Capricórnio, os pássaros encontram alimento, parecem cantar felizes e as plantas expõem seus botões de diferentes formas e cores a florir, obedecendo a sua missão de vida, seu código genético, juntamente com os insetos, em particular, as abelhas, no trânsito frenético da polinização. Nessa estação, a noite esfria e o dia esquenta, a natureza anuncia e a vida apresenta, cria e alimenta.

Terminado o esplendor das cores solares no palco celestial, entrava em cena, do outro lado do céu, a cara da lua encantada com sua luz alaranjada. Logo, aquele fundo azulado passaria a índigo e subitamente ao escuro da noite. Na Praça restavam apenas os poetas, os filósofos, os xamãs, os videntes, os físicos, os matemáticos clássicos e quânticos e os biólogos; os demais se recolheram a seus lares. Ouvia-se deles conversações de relatos astrofísicos entre suposições metafísicas e conceitos que desafiavam as probabilidades quânticas e o universo subatômico. Todos em profundos devaneios ou transe místico. Entre eles estava a "diretoria", a cúpula que saudava em voz baixa o Segredo da Praça. Houve quem pedisse a atenção para o fato de "estar levitando", ou, na prática mental, de estar confrontando a lei da gravidade. Para outro, na força de algum efeito vegetal, o sol era uma grande nave aparentemente redonda em constante combustão interna, impedindo que se observasse seu interior e da mesma forma demonstrando seu complexo sistema de segurança, no qual qualquer tentativa de aproximação seria derretida e dissolvida. O xamã aproveitou para sugerir que todos os males e problemas existentes na vida fossem atirados nesse sol que tudo dissolve. Outros não conseguiam traduzir em palavras o que estavam acessando naquele momento, desde uma vivência extrassensorial a uma viagem astral. Alguém, com o olhar fixo no céu, disse que aquilo, o céu, era o firmamento, a colcha abrangente do infinito. Para encanto de todos, surgiu em meio às nuvens distantes um luminoso arco íris delineado com suas sete cores marcantes. Diante de reluzente manifestação da natureza, o Xamã proferiu: — Que eu seja, então, a flecha desse arco íris, lançado na direção do infinito.

O universo seguia seu curso natural e o mundo parecia viver em paz, pelo menos na praça naquele momento.

Fora da Praça e do pôr do sol, as notícias dos acontecimentos mundo afora eram dadas na hora exata em que estavam acontecendo, via internet nos celulares e seus diversos aplicativos. Na verdade, o mundo e os sete bilhões de seres humanos não estavam em paz. Um plano econômico, a obtenção de capital, o dinheiro vivo, tudo isso corroía os neurônios dos materialistas. As nações que disputavam hegemonia global estavam mergulhadas em contradições e outros fatores sem sentido, sem lógica de ser, cada qual com sua linguagem limitada na mente. O mundo estava dividido, finalmente, em política de esquerda e direita. A pauta do meio ambiente, ecologia e sustentabilidade estava sendo combatida e negligenciada por muitos. Signatários de acordos internacionais nessa área estavam se retirando de acordos firmados. A "guerra mundial" estava no calor da imaginação daqueles que possuíam a bomba atômica. Se todas as bombas atômicas explodissem numa guerra, não sobraria nada, nem para contar a história de quem ganhou. Falavam de amor, mas pouco. A propaganda conseguia ser mais venerada e adorada do que nunca em "selfies" publicados ou em anúncios estudados meticulosamente em seus detalhes psicológicos para fisgar clientes. Qualquer pesquisa na internet tinha uma contrapartida imediata, binária, com propaganda que o usuário recebia do produto que ele pesquisou, transformando esse veículo no maior mercado já imaginado pelo homem pós-globalização. As funções psíquicas para a realização dos desejos colocavam a população mundial num ritmo muito acelerado diante desse mercado virtual, que oferecia tudo e qualquer coisa que procurassem. Com o celular na mão, eu sou um deus! Sem volta. E tudo pelo "PIB" a qualquer custo. A lista dos desejos conscientes das pessoas era enorme, somada à lista de desejos ocultos no inconsciente, por mensagens subliminares, que ficavam ainda maiores. Esse era o desenho da economia mundial, independente de ideologia política. Com isso, os estudos sobre doenças psicossomáticas tinham agora um rico material de pesquisa, pois as pessoas estavam cada vez mais doentes e a doença era uma parte importante dos números dessa economia que aquecia o mercado dos laboratórios e pressionava a saúde pública. A doença era um excelente "cabo eleitoral" para alguns políticos que negociavam o voto com o doente, sua família e amigos depois de atender sua necessidade: a internação e o remédio eram a salvação vinda com os votos. Ajudar com os gastos do funeral, também.

No dia seguinte, Carlos acordou mais cedo para encontrar Abdul que, como de costume, já estava com muita coisa adiantada. Marinei chegou logo em seguida, quase junto com o Sr. Curi que, animado, chamava todos para o café e "chai", pronunciado "tchai", como na Índia, com os seguintes ingredientes: folhas de chá preto fervida com leite, canela, açúcar e cardamomo. Abdul lhe dirigiu um olhar afável e colocou sobre a mesa um prato com chapati, que tinha acabado de fazer, chutney de manga, coalhada seca, geleia de cambuci, o pote de mel, de canela em pó e o de pólen de abelha.

— Hoje é domingo? — perguntou o Sr. Curi ironicamente.

— Sim, e amanhã será segunda-feira — completou Marinei sorrindo.

— Mesmo horário — afirmou Carlos.

— Só não garanto o mesmo café — disse Abdul. — Será o café de segunda — brincou.

— Convido vocês a me acompanharem à feira de orgânicos. Voltaremos para o almoço. — Sr. Curi os chamou, certo de que todos viriam.

Marinei e Carlos estavam entregues à satisfação em servir. Abraçaram a disciplina e deixavam claro que não assinaram apenas um contrato de trabalho, mas a matrícula na escola da vida, ingressando no curso que os formaria nas disciplinas humanas, exatas e alquímicas. Estudariam o ser humano, o alimento da terra e seus minerais, a vida etérica das plantas; aprenderiam sobre a água e o sol além da praça; sobre o ar e o fogo; sobre as cores, formas e aromas, mais os cálculos exatos das quantidades de água, óleo, sal, fogo e o amor, a alquimia transformadora para obter a sagrada ceia de cada dia.

O domingo acabava de acabar quando o sol se acomodava na atmosfera e na praça, os seráficos e as outras criaturas, já bem alojadas, aguardariam até a última aguada de cores nas nuvens esparramadas pelo céu.

Abdul terminou sua oração e foi à praça para apreciar o crepúsculo e contemplar a beleza da lua pós-cheia. Carismático, os jovens, entre eles Marinei e Carlos, o chamaram para junto deles.

— Que vista maravilhosa! É um privilégio poder apreciar este céu. E vocês, aproveitam mais ainda com a benção dessa planta de poder, não é mesmo? — O baseado ainda estava sendo passado entre eles, mas Abdul passou a sua vez e não fumou.

— Sr. Abdul, desculpe minha ignorância, mas quero perguntar, pois eu não sei nada sobre o que é mulçumano e o Islã. E com certeza nenhum deles aqui sabe. — Entre tosses profundas ouvia-se, em consenso, todos a concordar com a afirmação de Carlos.

— É bom perguntar, Carlos, você seria ignorante se não perguntasse. Mulçumano, no idioma árabe quer dizer "Aquele que se submeteu a Deus"; "um seguidor do Islã, a religião revelada e estabelecida por Maomé (Que a paz esteja com Ele)". Islã, em árabe significa "Renúncia ou o ato de se submeter"; "é a reconciliação com a vontade de Deus, como foi revelado a Maomé (Que a paz esteja com Ele)". O que Deus revelou, o Profeta (Que a paz esteja com Ele), que não sabia ler e escrever, ditou e está no Livro Sagrado, o Alcorão, que em árabe quer dizer "Discurso" ou "Recitação", sendo o corpo imutável das revelações recebidas por Maomé (Que a paz esteja com Ele) que foi levado até Deus pelo Anjo Gabriel.

Carlos e os demais admiravam a expressão jovial de um Ribamar muçulmano com o gorro islâmico na cabeça, barba, e o bigode raspado como manda o Islamismo. De fala calma e objetiva, ele atraía a atenção de sua audiência, que viajava com aquela introdução.

— Essa é apenas uma introdução, Carlos, para você entender essas duas palavras, Muçulmano e Islã, que levaram ao Alcorão e a Maomé (Que a paz esteja com Ele). Na internet de hoje você encontra tudo o que deseja saber. Não quero influenciar nem convencer. Eu acredito no "chamado" que vem ao coração, à mente e ao intelecto de quem na vida desperta para a busca espiritual — concluiu Ribamar sabiamente.

— Como foi que você ouviu o seu chamado? — perguntou Marinei como quem rebatesse uma bola de tênis.

— Minha história é longa, mas vou responder a sua pergunta, sem contar toda a história. Eu saí do Maranhão ainda jovem em busca de minhas origens. A parte fácil da busca era saber que meus ancestrais eram da África. A parte difícil era saber em que lugar na África. Minha busca me levou a vários lugares, mas uma região do deserto do Saara, ao norte de Tombuctu, no Mali, me deixou fascinado por tudo o que vivenciei. Sentia-me vitorioso por chegar lá. Uma conquista só minha. O lugar concentrava viajantes e nômades do Saara que chegavam ou partiam para a travessia do deserto rumo a Argel, capital da Argélia ou em direção leste para Etiópia. Eu transbordava de alegria com aquele momento, que se tornava um registro sagrado em minha mente. Aquele

HORACIO ALMEIDA PIRES

ambiente apresentava um cenário mágico, em meio a dunas e uma brisa cálida, sob um imenso céu azul. Pessoas em seus trajes típicos, com véus brancos enrolados na cabeça se protegendo da areia, às vezes trazida pelo vento; com seus utensílios de couro de cabra, como cinturões, chinelos, bainhas e diferentes tamanhos de odres, ou bolsas para água. Eles transitavam entre as tendas e camelos trocando informações, mercadorias e alimentos, falando diferentes dialetos africanos e árabe. Em frente às tendas havia pequenas fogueiras, tapetes e almofadas ao redor e leite de camela ou água fervendo para um chá ou para uma sopa. Fui convidado por vários deles para me sentar junto à fogueira e me comunicava em francês ou em inglês com alguns poucos. O chamado, forte na minha alma, eu senti em meio àquela comunidade, quando começavam a posicionar seus tapetes na areia, depois do pôr do sol, todos na mesma direção: Meca. Quando se preparavam para a hora da oração, senti meus ancestrais ali presentes, em meio a todos que aceitaram o Islã como religião, e me parecia que eles estavam contentes por eu estar ali naquele momento. Aquela emoção ficou no meu coração e tive certeza de que encontrei o que procurava. Quando voltei a Dacar, no Senegal e conheci Ndeye, então o chamado uniu meu coração, minha mente e meu intelecto, pois com ela aprendi que sempre fui muçulmano e como eu deveria voltar à minha fé. Ela me deu o livro Alcorão em francês, me ensinou um pouco de árabe e o passo a passo das orações. Quando senti que eu estava pronto, pedi a Ndeye que me apresentasse à mesquita ao lado de casa, para realizar meu testemunho de fé, Shahadah, e me converter muçulmano.

A quietude da noite caiu do escuro do céu e se dissolveu no silêncio da praça. Naquele momento, todos ali presentes, ainda não haviam regressado da história. Podia-se sentir uma brisa do deserto soprando na face de cada um. Abdul inspirou profundamente e, lenta e gradualmente expirou, acompanhando tácito o regresso daqueles viajantes.

— Nossa, que muito louca essa história, Abdul. Essa história não se encontra na internet, não é? — aterrissou Marinei falando do coração, como criança que ouve um conto mágico.

O RESTAURANTE VEGETARIANO E A PRAÇA ENCANTADA

— Dá vontade de viajar, conhecer lugares e pessoas. Viver experiências — disse Carlos.

— Mas antes tem que curar a surdez para ouvir o chamado e curar a cegueira para encontrar o caminho. Ah, e aprender a falar idiomas para se comunicar e entender o mundo. Minha psicóloga dizia que "é preciso ter um chão para voar" — disse Marinei.

— Entendi que é preciso trabalhar no restaurante amanhã e ganhar dinheiro para as passagens, hotel etc. — disse Carlos já de saída e bocejando. – Quero ouvir mais, Abdul, por hoje vou sonhar com as dunas do deserto. Até amanhã pessoal.

— Até amanhã, Carlos, Marinei. Até amanhã pessoal. — Abdul não lembrava o nome da turma.

— Fica devendo a história da musa... — Marinei não memorizou o nome dela.

– Ndeye Fatou. Pronuncia-se um "ene" mudo: "Ndêiê" — completou Ribamar.

– Certo, Ndêiê, que nome musicado e tão gostoso de se pronunciar.

Marinei também se despediu e saiu, acompanhada do Castanheda, do Platão e do Einstein, seres apelidados não pela aparência, mas pelo que representavam na nuvem da praça. Cada um carregava seu livro, beneficiados pelo projeto "Deixe um Livro" que o restaurante aderiu: Castanheda estava lendo "Bhagavad Gita", tradução e notas de Humberto Rohden; Platão estava lendo "Admirável Mundo Novo", de Aldous Huxley e Einstein estava lendo "Islam in The World", de Malise Ruthven, já que era fluente em inglês e a vinda de Abdullah Ribamar reforçou sua decisão de ler sobre esse tema que vinha procrastinando. Marinei estava encantada e se esforçando muito em acompanhar e entender o livro "Cartas a Spinoza", da Dra. Nise da Silveira, enquanto aguardava aparecer pela estante do restaurante o livro "Ética", de Spinoza, para entender melhor as cartas da Dra. Nise.

Um mês passou muito rápido, desde que o restaurante abriu suas portas ao público e já demandava uma ampliação no quadro de trabalho. Sr. Curi perguntou a Carlos e Marinei se conheciam alguém para indicar. Marinei se lembrou de sua amiga Carmem, professora de inglês, que conheceu durante as cenas da série Sense8 gravadas na Parada LGBT de São Paulo, realizada em maio de 2016. Carmem não só aceitou prontamente como também se apressou em trazer sua namorada, Lúcia. Com isso, os problemas foram resolvidos, dificuldades superadas e adaptações foram feitas para melhor atender a missão do projeto: Servir alimento vegetariano.

Carmem e Lucia viviam juntas havia alguns meses, depois que resolveram encarar o mundo. Carmem era morena, alta, forte, bonita, cabelo curtinho e de expressão dócil e calma. Aparentava a idade que tinha, vinte e cinco anos, e vinha de uma educação católica exigida por sua mãe. Seu pai era diplomata, portanto ela havia viajado muito desde que nasceu. Carmem era filha única. Estudou em escolas de ensino ocidental, para moças católicas, nos diferentes países da Ásia, por lugares em que viveu com sua família. Falava português, espanhol, italiano, francês e inglês, com bom conhecimento em alemão e mandarim, que aprendeu durante os dois anos que viveu em Taipei, capital de Taiwan. Havia cinco anos que estava de volta ao Brasil. Sua vida tomou outro rumo quando houve a separação de seus pais. Ela ficou com sua mãe, aqui no Brasil, que optou por uma educação por demais rígida e católica, em colégio de freiras, o que fez com que Carmem, com a visão de mundo que adquiriu, se rebelasse e soltasse seu grito de independência, abandonando a vida de desagrados que levava. Foi viver sozinha e passou a dar aulas de idiomas. Teve algumas aventuras amorosas, mas Lucia, desde que a conheceu, tornou-se o grande amor de sua vida. Por ela, decidiu largar as aulas e embarcar na aventura do Restaurante Vegetariano.

Com razão, Carmem se apaixonou por Lucia. Feminina em sua maquiagem suave, seus cabelos lisos longos e claros, combinando com sua tez, que desfilava com seus belos gestos, às vezes provocativos, num corpo esbelto e bem esculturado. Lucia era dócil, mas trazia reprimidas suas vivências interiores. Elas se conheceram no MASP quando, coincidentemente, lado a lado apreciavam, demoradamente em seus detalhes, uma obra de Van Gogh. Mas foi no café da Avenida Paulista, perto do MASP, que a amizade se consolidou.

A vinda do casal para o restaurante completou o quadro de funcionários, mas muito mais do que apenas isso, foi o sentimento de gratidão em Carmem e Lucia por terem sido lembradas para preencher a posição. A satisfação e o sentimento de pertencimento asseguravam que suas opções pessoais importavam somente a elas e não eram de interesse de ninguém.

Para muitos, prontamente o restaurante se tornou um ponto de referência e de frequência para encontros e conversas de todos os tipos. Sr. Curi tinha previsto fazer um levantamento estatístico sobre os clientes, mas ainda era difícil saber quem era quem em meio aos frequentadores. Marinei, Carlos, Carmem e Lucia é que sociabilizavam. Eles tratavam a clientela com muita educação, sorridentes, prestativos e atenciosos com igualdade, fato que era reconhecido pelas pessoas, garantindo a satisfação e o retorno, pela comida, o preço e o atendimento.

Os vegetarianos eram pessoas mais calmas, ainda que muitas delas demonstrassem a ansiedade natural de seres urbanos. Sem dúvida, muitos eram místicos, demonstrado pelos livros que liam, pelas vestes ou pela aparência e não tinham nenhum problema em fazer algum tipo de ritual com as mãos diante do prato antes de começar a comer, ato de agradecimento que sempre atraía os olhares de curiosos e envergonhados. Os esportistas ganhavam mais energia com o alimento vegetariano. Os intelectuais vinham saborear um alimento saudável, tendo em mente a longevidade, evitando enfermidades e comendo à vontade por um bom preço. Os ambientalistas se apresentavam com a declarada consciência de contribuição com sua reduzida pegada ecológica, e a eles somavam-se os hippies viajantes que, com muita paz e amor, marcavam suas presenças, sempre expondo seus trabalhos artesanais à venda.

O mundo estava precisando muito desses seres humanos. Mas eles ainda encontravam grandes obstáculos, havia forças adversas atuantes nos diferentes poderes da sociedade. Eram presidentes de países e políticos congressistas unidos, ou melhor, submissos ao dinheiro de certos empresários e seus interesses perversos que criavam esses obstáculos. Ganância e egoísmo. Parecia que não queriam que houvesse um mundo melhor, mais digno e equilibrado.

HORACIO ALMEIDA PIRES

Não queriam levar em consideração o meio ambiente, o bem-estar e a saúde física e psicológica das populações. Eram pessoas que alimentavam o "nós" contra "eles", incutindo a sensação de uma guerra confusa, sem sentido, em que mais parecia "a guerra de todos contra todos", uma profecia de Rudolph Steiner.

Todavia, ali, no inverno do bairro, o que foi plantado estava germinando, a muda de paz, um pé de esperança, as hortas, o restaurante e amor. As quatro hortas iniciais se multiplicavam. O Sinhô Bene apoiou o projeto que vinha dando certo e levou a outros moradores do bairro. Havia esperança. O restaurante comprava algum excedente da produção das hortas domiciliares para uso próprio. Marinei e Carlos passaram a comercializar, em potes de vidro da cooperativa de reciclagem do bairro, o tempero de ervas finas em conserva com ingredientes das hortas orgânicas locais, feitos pelo Sinhô Bene, dona Isidora, dona Maria Joana e dona Dêja. A receita era simples: orégano, alecrim, tomilho e manjericão desidratados, alho esmagado com sal e azeite para conserva. Sinhô Bene pedia que aguardassem que em breve teriam pimenta dedo de moça, em conserva também.

A proposta de trazer eventos para o espaço do restaurante foi inaugurada, incentivando a economia criativa do bairro. Uma exposição coletiva de artesanato ocupou o espaço nos dias de semana e aos sábados se estendia até a praça, com a permissão da prefeitura. Afinal, comercialmente falando, a primavera anunciava o Natal para o verão.

A pegada de consumo e do consumidor caminhava fortemente no planeta entre os sete bilhões e meio de habitantes. Houve quem dissesse que esses indicadores deveriam ser chamados de "coice" e não "pegada ambiental". Conhecidos internacionalmente como *consumption and consumer footprint*, eles já podiam ser medidos a partir dos estudos de Avaliação do Ciclo de Vida das coisas. Finalmente, chegava a prática de uma ciência que revelava os impactos no meio ambiente causados pelas coisas produzidas pelo homem, mostrando seu ciclo de vida do começo ao fim. Parece simples assim, mas a complexidade desse estudo surpreendia quando se enxergava a rede de tudo o que está envolvido na produção de qualquer produto e seus impactos, uma teia neurológica de comunicação. Por isso, também aumentava o número de manifestantes liderados por jovens, reclamando e exigindo um mundo melhor, diferente e ambientalmente sustentável, como a jovem sueca, a ativista inteligentíssima Greta Thunberg e seu movimento *"Fridays for future"*.

O Restaurante Vegetariano estava quase conseguindo zerar seus resíduos sólidos, não fosse o restinho de alimento quando, eventualmente, deixados nos pratos. Tudo era separado adequadamente para reciclagem e os resíduos orgânicos da cozinha eram distribuídos aos minhocários que também se multiplicaram, como as hortas. O Sinhô Bene estava coordenando a produção e se preparava para oferecer sacos de cinco quilos de adubo orgânico e potes de chorume para jardins. "Plantem as flores que as abelhas e as borboletas aparecem", como dizia o ditado, impresso nas embalagens.

Igualmente na cozinha, voavam por lá os pupilos do professor Ribamar. Os alunos imergiram no curso "RV", por eles mesmos denominado de "Restaurante Vegetariano". Sr. Curi e Ribamar já tinham em mente a ideia de um curso para formação dos colaboradores do Restaurante e estavam a pô-lo em prática.

Eles entenderam como disciplinas práticas de nível "1", as atividades diárias como lavar pratos, talheres, panelas, varrer e lavar o chão, limpar mesas e cadeiras, limpar e lavar os banheiros, separar e ensacar todos os resíduos: orgânicos (molhados), inorgânicos (secos) e o óleo e encaminhá-los para reciclagem. As disciplinas práticas de nível "2", as atividades relacionadas à cozinha e os alimentos, como fazer compras, saber escolher os produtos, as quantidades e como armazená-los; e finalmente as disciplinas práticas de nível "3", as atividades de como cortar uma cebola, o alho, os legumes, temperos, tempo de cozimento ou fritura, e saber deitar o alimento na língua e identificar sal, doce, amargo, ácido, cítrico, enfim, o gosto equilibrado e saboroso.

Eles desenvolveram o próprio curso com base na experiência de dois senhores que também aprenderam na escola da vida e que atuaram como facilitadores, colaboradores e professores. As alunas Carmem e Lucia não tiveram dificuldades em recuperar o tempo em atraso por se tratar de um curso prático com disciplinas do cotidiano de um restaurante. O que mais as entusiasmava era a oportunidade que tiveram com Marinei e Carlos e a perspectiva que aquela iniciativa lhes proporcionava. Elas e ele definitivamente queriam aprender. Depois, planejavam pôr em prática o que aprendiam e eventualmente abrir seus próprios restaurantes, uma vez que o Sr. Curi provou que era possível.

Uma nova disciplina foi acrescentada à grade do curso sugerida pelos alunos, quando pela primeira vez observaram o Sr. Curi sentado, imóvel, em sua cadeira com a coluna ereta, os olhos fechados e as mãos sobre as pernas com as palmas para cima, por vinte minutos, mantendo a inspiração e expiração, quase inaudíveis. Desde então, a meditação tornou-se uma disciplina no curso e prática habitual, após experimentarem com o Sr. Curi, que os ensinou e conduzia as meditações no início. Em seguida, cada um adotou o tipo de meditação que melhor combinava consigo mesmo. Notaram também que havia muita opção na internet. Uma grande quantidade de "Gurus" ocidentais e orientais ofereciam tutoriais de meditação, principalmente após neurologistas apresentarem estudos científicos provando seus benefícios.

Passaram a reverenciar a respiração, depois de entenderem e sentirem a importância e a preciosidade do ar. Um corpo que não respira está morto. Que coisa mais mística é o ar, sua existência, seu trajeto adentro do corpo, seu processo de transformação e a alquimia que o transforma em sangue. Trocamos o ar com o ambiente e nunca estamos, em vida, vazios de ar. Por isso dizemos que um lugar está com o ar ou a atmosfera boa ou má, nós respiramos e o sentimos interiormente.

As meninas concordavam com Carlos quando ele dizia que, com a meditação, conseguia efeitos similares às plantas de poder, principalmente quando a meditação orientava prender o ar em algumas inspirações profundas, e soltar lentamente para relaxar. Ele dizia que parecia ter fumado um baseado.

Para eles, o conteúdo "Amor" saía da banalização verbal e passava a se manifestar em suas ações por terem descoberto em si a fonte desse sentimento através da meditação devocional. Adquiriram uma linguagem que os permitia uma comunicação mais elevada. Perceberam que sabiam que estavam conscientes em suas ações e que todas elas tinham igual importância. Eles se apoderaram da atenção, a sagrada atenção, e a mantinham sobre tudo o que faziam. Eles vinham discutindo sobre o "quê" ou o "quem" era, dentro de si, que se utilizava dos sentidos e a tudo testemunhava através da consciência. Quem era a testemunha interior? A leitura do livro Upanishads despertou a necessidade de uma pesquisa interior sobre Consciência. Fazia sentido a ideia de um Deus dividido em três Deuses, o que cria, o que mantém e o que destrói, para que seja criado novamente e mantido e destruído e assim em divina sucessividade. Aprenderam, na primeira pessoa, que para a pergunta "quem sou eu?" havia mais de uma resposta, e que o caminho correto para responder a essa pergunta era começar por identificar tudo o que o Eu definitivamente não é. Shankariasharia assim o fez na Índia há mais de mil anos. Chegar à resposta de que "Eu Sou Consciência", são ensinamentos que estão nos Vedas.

Esse assunto deixava a praça muito mais iluminada. A luz oculta. Acesa em todo ser vivo. A claridade interiorizada para perceber aquilo que, em cada ser, não morre, não queima, não molha e não sofre. Que observa somente. Dificilmente percebido pelo observador. De acordo com o que consta nos livros sagrados.

Não será eterno o planeta rodando em seu eixo, com seu magnetismo e a força da gravidade sobre ele, no espaço vazio ao seu redor, com sua lua e todos os astros iluminados ou no escuro, na ausência do sol. Somente o espírito não criado será eterno. O que é criado, em determinado momento, será destruído ou se destruirá. Mas para a maioria dos seres desta vida, importante são outras coisas.

O Sr. Curi então aprofundou o curso, da cozinha para a horta e apresentou aos recentes adultos o livro "Metamorfose das Plantas", de Johann Wolfgang von Goethe e outras de suas obras. Durante algumas horas da semana, eles trocavam as afiadas facas e pontiagudos garfos por lápis, pincéis, papel e tinta aquarela para experimentarem essa outra arte e exercitarem o senso de observação. Perceberam o quanto eram cegos, diziam entre si. Desenvolver a observação, perceber os detalhes, desenhar e pintar os despertava para outro tipo de meditação e linguagem.

Da horta para a praça, e seus frequentadores ganhavam novos usuários que, acompanhados de suas pranchetas, papel e lápis, desenhavam a vida orgânica do entorno, do germinar até o florescer, sugerido por Carlos e as meninas. Ninguém ousou dizer que estavam loucos ou que se tratava de drogados, rabiscando pela praça, ainda que o cheiro da fumaça que às vezes perfumava a brisa aleatória fosse de canabis. Havia quem afirmasse que três plantas de diamba eram cultivadas às escondidas na praça para uso medicinal, aguardando a legalização para esse fim.

A praça ganhava voluntários que cuidavam de sua manutenção. Mantinham-na limpa. O adubo orgânico produzido no bairro chegava junto com o cuidado espontâneo de jardineiros amantes da natureza, como o Sinhô Bene. Novas espécies foram plantadas com o cuidado de escolher as nativas do lugar, da mata atlântica. Cada vez mais, apareciam orquídeas atadas aos troncos das árvores da praça, doadas por moradores do bairro. Do mesmo modo, cada vez mais apareciam fotógrafos amadores, porque amavam o que vivenciavam e queriam registrar aquele novo impulso de vida da praça.

Criaram o "Espaço para Contemplação", assim escrito por uma criança em sua própria caligrafia em letras coloridas numa placa de madeira, a única na praça, e pendurada no encosto de um banco de pedra que tinha o privilégio de ficar ali, imóvel, recebendo aqueles que, sem filtro mental, levavam as imagens que viam diretamente ao coração no ato contemplativo. Era comum também ver alguém declamando um poema para uma flor da praça, fosse ela uma pessoa ou uma planta. E não que para isso estivesse em estado de consciência alterada.

Mais moradores passaram a usufruir do espaço da praça. Aqueles que precisavam fazer exercícios na areia, desde os idosos até as crianças, encontravam ali o lugar ideal e seguro. Pelo menos duas vezes por semana o pessoal da academia de capoeira do bairro fazia uma roda para dançar, e pela beleza harmoniosa dos movimentos e sua música, atraía quem estivesse por lá para ver e prestigiar. Nessas horas, o pessoal que jogava xadrez, dama, dominó ou cartas parava para assistir também.

Muitos moradores perceberam algo diferente, mas não davam atenção ao fato. Nascia ali um movimento espontâneo, sem líder nem bandeira. Sem estatuto, sem caráter oficial. Um movimento que nascia de uma convenção natural entre as pessoas; que declarava respeito a todas as idades, todos os gêneros e cores, todas as classes e todas as tribos. Sem preconceitos. Era uma mobilização com fim determinado. Praticava a igualdade e a liberdade, com responsabilidade, em equilíbrio. Praticava a fraternidade também, e não era a bandeira francesa. Era a arte expondo sua arte; era um livro contando sua história e instrumentos que tocavam seu andamento "tropo alegro". Um movimento que entendia que a liberdade de uma pessoa termina quando começa a liberdade da outra, pelo menos nos limites da praça. Com isso, as oferendas religiosas voltaram para a mata e alegraram ainda mais os Orixás. Não havia mais ninguém gritando sua Bíblia para quem não queria ouvir. A praça não servia mais de latrina e, portanto, os políticos perceberam que ali não tinham votos e que poderiam perder eventuais eleitores caso invadissem, com seus discursos hipócritas, aquele espaço tomado de um movimento sagrado.

A praça não era nenhum "shopping center". Nada de culto à moda imposta e ilusões de estar milionário, nada em granito sintético, nada de brilho de cristais de acrílico e vitrines com manequins de fibra de vidro, defronte aos quais, as pessoas desfilavam suas falsidades, exibiam soberba, impotência e nítido complexo de inferioridade, um paradoxo, em passadas inseguras, embasbacadas diante do preço dos produtos. Preços esses que classificavam o potencial consumidor de cada pessoa, infeliz por não ter suficiente dinheiro para poder comprar, mas que lhe era dada a alternativa de se meter numa dívida em suaves prestações com juros financeiros abusivos e talvez desonestos, possibilitando o infeliz, ou a infeliz, a sair do shopping, do templo, esnobando com seu bem de consumo nas mãos e um sorriso iluminado de neon e led fria, como auréola de santo em altar.

Embora um shopping center não seja assim para todo mundo. Existem classes que têm uma linguagem diferente na mente sobre esse conceito. Uma "biqueira" de luxo que serve a todos os vícios. Outras pessoas entendem que se trata de grandes construções, para atender as diferentes classes sociais, com ampla área para estacionamento pago, que abriga espaços comerciais climatizados, lojas e restaurantes em alamedas transitáveis a pé, com escadas rolantes e elevadores para acessar os andares existentes, tudo com forte esquema de segurança de homens armados. A praça não era um shopping center.

Muito precisava ser dito sobre a praça, e o jovem "Zoom" e mais aquele grupo de alunos do curso de cinema, que residiam no bairro e frequentavam a Praça, resolveram que o trabalho da escola, um documentário, teria como título "A Praça Encantada". O bairro não produzia apenas malabaristas para serem humilhados nos semáforos em troca de nada ou apenas algumas moedinhas.

O grupo passou a se reunir na Praça depois do almoço no Restaurante, duas vezes por semana. Elaboraram um esboço do .Doc. Definiram entre eles o revezamento das posições de filmador, iluminador, escritor, pesquisador, editor, produtor e diretor, adotando os princípios de visão compartilhada e ambiente colaborativo. Estabeleceram a programação do tempo para os trabalhos e partiram para o pré-roteiro.

Começaram a pesquisa, entrevistando as pessoas que viviam há mais tempo no bairro. Sinhô Bene foi um deles, que já havia gravado sua fala sobre a Praça e o bairro. Ele indicou pessoas, que indicaram pessoas e logo a equipe tinha um material importante, com fotos, fatos e narrativas individuais de vivência e histórias na praça.

Descobriram que no princípio não havia a Praça. Havia uma área que era utilizada para jogar bola e ninguém ocupava. Beirava o alto do morro, em formato irregular, começando na nascente e seguia a pirambeira, ou encosta escarpada, se alargando e estreitando por quatrocentos metros. Era um lugar sujeito a deslizamentos. Ninguém construiria uma casa naquele lugar.

Com o tempo, a prefeitura, através de um político, começou a construir uma quadra de esportes. A área restante foi abandonada, e o mato tomou conta. A comunidade estava sendo urbanizada e uma praça foi a vontade dos moradores do bairro, que começaram, humildemente, a desenvolver ali alguns canteiros de ervas medicinais. Com o tempo, foi se desenhando outros canteiros, outras espécies nativas foram trazidas. Foram surgindo rochas e pedras, e, incorporados ao traçado entre canteiros, formavam a

O RESTAURANTE VEGETARIANO E A PRAÇA ENCANTADA

Praça, que nunca foi inaugurada e, portanto, não tinha um nome oficial. Ninguém queria dar um nome a ela. Era a Praça do bairro. Alguns funcionários da prefeitura se ofereciam para ajudar no que fosse possível, limitados pelo poder do tráfico de drogas e o que permitiam. Por um bom tempo, o tráfico deu as ordens por ali.

Nas fotos mais antigas que circulavam, estava registrado como era a vegetação naquela época. De todas as árvores, apenas algumas remanesciam. Jerivás, patas de vaca, dois manacás-da-serra, um ipê amarelo, dois enormes paus ferro e uma sibipiruna; algumas frutas como cambuci e goiabeira, arbustos e mato. Tucanos, saguis, pica-pau, saruê e bugios, entre outros que restaram, esses animais ajudaram no reflorestamento, lançando ou depositando sementes, nativas ou da vizinhança, já adubadas em suas fezes.

Os futuros cineastas fizeram várias tomadas do espelho d'água da represa visto do alto da Praça. Filmaram e fotografaram cenas do pôr do sol nas quatro estações do ano, e do nascer das doze luas cheias. Captaram diferentes momentos de arco íris duplo e normal no céu, entre nuvens carregadas. Conseguiram filmar o passo a passo de um casal de João de Barro, construindo sua casa em quatro dias, sobre a ponta de um galho seco, rente ao tronco da sibipiruna. E muitas outras tomadas de imagens ao longo do ano, desde os ovos no ninho, até jovens aves deixando a casa de barro.

"A Praça Encantada".Doc. estava sendo produzida. O grupo levantou um rico material logo no início da pesquisa. Isso impactou o tempo de trabalho. Eles preferiram não estabelecer prazos. E seguiram trabalhando. Eles conseguiram registrar diferentes biografias, curtas, de pessoas relacionadas à Praça, para serem transcritas das entrevistas em vídeos.

Quem era o Sinhô Bene e tudo relacionado à chegada do Sr. Curi ao bairro parecia ser o último capítulo do .Doc. Outro capítulo foi dedicado as recentes atividades, envolvendo os moradores do bairro e as ocorrências de manifestações místicas relacionadas aos xamãs, filósofos, poetas, artistas e românticos e as atividades racionais dos químicos, matemáticos, médicos, engenheiros e demais malucos do bairro que frequentavam a Praça.

O Sr. Curi e Ribamar estavam reunidos, havia algumas horas, na mesa do quintal do restaurante, naquele sábado à tarde da segunda semana de dezembro de 2019. Os alunos estavam ocupados com suas tarefas e, às vezes, esticavam suas antenas para saber sobre o que eles conversavam. O restaurante recebeu uma boa quantidade de clientes naquele sábado. A correria ou ansiedade comum antes do Natal tomava o tempo das pessoas com compras e visitas a amigos e parentes. Isso aumentava o número de pessoas recorrendo a restaurantes.

— Pessoal! — chamou em voz alta o Sr. Curi. – Assim que acabarem aí, venham para cá, por favor. Vamos fazer uma pequena reunião.

— Já estamos indo — respondeu Marinei, largando o que estava fazendo e, a passos rápidos, foi se adiantando para a mesa, seguida pela Carmem, Lucia e Carlos, que aguardavam por aquele chamado.

— Sentem-se, sentem-se. — O Sr. Curi puxava uma cadeira para Lucia ao seu lado. Ribamar puxava outra cadeira para Carlos. Marinei e Carmem se acomodaram entre eles, ambas estalando os dedos para aliviar a ansiedade.

— Foi exaustivo hoje, não foi? — comentou Sr. Curi. — Mas estamos dando conta e fico feliz por isso, por vocês estarem se entregando ao restaurante. Fico feliz também por ver a dedicação de vocês no aprendizado. Ninguém faltou a nenhuma aula ainda! As avaliações de vocês estão ótimas, para que saibam.

— Oba! — gritaram as três meninas ao mesmo tempo.

— Isso mesmo. Podem se orgulhar — confirmou Ribamar.

— E o fato de vocês estarem realmente bem como alunos, qualifica vocês como bons empresários também — continuou Sr. Curi.

— Empresários, Sr. Curi? — perguntou Carlos surpreso.

— Sim. A experiência que vocês têm adquirido inclui o "know how" ou o saber como abrir e tocar um restaurante. Na verdade, a palavra é administrar o negócio. Até agora vocês têm uma carga horária de mais de seiscentas horas, caso não tenham feito as contas ainda. Vocês sabem tudo sobre um simples restaurante vegetariano. — Elogiou-os o Sr. Curi.

O RESTAURANTE VEGETARIANO E A PRAÇA ENCANTADA

— Simples, Sr. Curi? — interrompeu Marinei com tom de discórdia.

— Estou bem satisfeita com esse "simples" — complementou Carmem.

— Tudo o que eu aprendi... Nossa, eu não tinha ideia de nada disso! — exclamou Lucia, confessando seu aprendizado.

— Na verdade, essa carga horária tem o triplo de seu valor, já que em nenhum momento eu senti que vocês estavam aqui apenas porque precisavam trabalhar pelo dinheiro — exaltou Ribamar, olhando nos olhos de cada um. — Vontade e garra o tempo todo, foi o que eu vi. Isso significa tudo na escola da vida.

— Essa avaliação tem peso alto. Tão somente porque é verdade. E porque quem dá essa nota é o Professor Abdullah Ribamar, e aproveito para informar a vocês que ele nos deixará em uma semana — disse Sr. Curi, que vinha preparando o informe.

— Como assim nos deixará? — indagou Marinei, indignada.

— Esse é o motivo principal dessa reunião, pessoal. Quando o Ribamar aceitou trabalhar aqui ele me expôs essa condição de que ficaria apenas três meses. Conte o resto Ribamar, se não se importa — pediu o Sr. Curi.

— Primeiramente, peço que vocês entendam que não falamos nada antes para não gerar nenhum motivo negativo entre nós. Toda interrupção oferece opções, ou portas, que nos apresentam, e muitas vezes nos sentamos diante delas sem iniciativa. Só poderemos abrir uma porta. O processo é uma escolha. O que determina nossa escolha será nosso conhecimento, nossa sabedoria e consciência, ou nada disso, e simplesmente escolhemos uma porta aleatoriamente. Assim é a vida, poucas vezes prevemos consequências. Quando entramos por essa porta, ela se fecha atrás de nós e desaparece. Não tem mais volta, não há mais porta. Não é como um vídeo que se pode voltar e apagar. Também não é como um programa que se pode desinstalar e instalar, ademais, essa opção hoje pode conter vírus. Não podemos voltar atrás e escolher outra porta. Não podemos desfazer o que se fez acontecer. Outras portas surgirão, numa sucessão de escolhas até a morte. Digo isso a vocês porque há quatro meses fiz uma escolha que me levará ao Maranhão para rever meu povo e depois seguirei para a África. Devo partir na próxima terça-feira. Deixarei escrito a vocês tudo o que sinto, impresso em papel húmido enrugado com gosto de sal. Agora o assunto é anunciar a vocês quatro que vocês serão os administradores do restaurante. — Ribamar conseguiu conter sua emoção, mas seus olhos encarnados inundaram. Sr. Curi percebeu e continuou:

— Que maravilha, teremos quatro "chefs". Teremos norte, sul, leste e oeste! Ou inverno, primavera, verão e outono! Ou terra, água, ar e fogo! Que cada um de vocês se identifique com os elementos. Proponho, de início, um revezamento das atribuições a ser definido entre nós. Vamos incorporar o salário do Ribamar. Ele receberá o valor de lei integral, que inclui férias, décimo terceiro proporcional, e um presente, a saber, mais do que merecido. É isso, minhas queridas e meu querido.

Ninguém conseguia falar mais nada naquele momento. Todos se olhavam diante de uma única porta, assim, escancarada, ou melhor, um portal de novidades que já começava a se expor; um processo de entrada por uma porta triste e alegre ao mesmo tempo, em que a mente de cada um expandia e contraia, como o descompassado ritmo de seus corações, que permitia o fluir das emoções pela despedida de um grande mestre e amigo, que tão rápido como uma estrela cadente, deixava seu brilho na alma de cada um deles.

— E tenho alegres notícias que nos chegam do outro lado do mundo. À moda antiga, um cartão postal entregue por um carteiro do correio esta manhã. — Sr. Curi tirou do bolso de seu avental cor de açafrão um cartão postal, mostrando-lhes a foto nele impressa. Todos se apinharam na mesa para ver um cartão postal e a foto. Com o semblante de dúvida estampado na testa, procurando reconhecer aquele lugar, balançavam a cabeça, e não encontravam registro daquela imagem em suas memórias.

— Vou ler a mensagem, traduzindo para vocês: "*Olá Restaurante Vegetariano, tudo bem com vocês? Senti muito por não poder ficar com vocês. Minha passagem por Angola e Moçambique foi tudo bem. Gostei muito. No começo tive dificuldades a entender o sotaque português de Portugal falado por eles, mas foi tudo bem. Viajei de Maputo, capital de Moçambique, a Mumbai, na Índia e em seguida viajei de trem e ônibus até aqui, Katmandu, Nepal, o "teto do mundo". Querem saber mais, procurem na internet. Querem vivenciar tudo isso? Viajem como eu. A próxima parada será em Hong Kong. Escreverei desde lá. Beijos Sr. Curi, Ribamar e Carlos. Love Rachel Stikley".*

PS: Essa foto é do centro histórico de Katmandu, antes do triste terremoto de 2015, acho que vocês lembram, não é?

— Ela se lembrou da gente aqui, gostei disso. Vamos aguardar o próximo cartão com endereço para responder. — O Sr. Curi deitou o cartão sobre a mesa e se levantou para fazer um chá.

O cartão passou nas mãos de um por um, como uma preciosidade e, naqueles dias, uma raridade. Um cartão postal, quem diria! As meninas aproximaram o cartão até o nariz para sentir o perfume de sândalo. Com certeza, Rachel deve ter impregnado o cartão com um bastão de incenso. Mas o que despertou interesse e até provocou um desafio foi a frase: *"Querem saber mais, procurem na internet. Querem vivenciar tudo isso? Viajem como eu."* Rachel mencionava o nome de cinco países, uma viagem de três meses, escrito em doze linhas atrás de um cartão postal.

— Me aguarde, planeta terra!

— Estamos juntas, Marinei. — Carmem completou.

— Ribamar, você esteve em Moçambique e Angola? — perguntou Carlos.

— Não, mas cheguei perto. Naquela época, ambos os países estavam em transição política e eu não me sentia seguro em viajar para lá. Em 1966, os movimentos revolucionários começaram a lutar pela independência de Portugal, alcançada em 1975. Depois veio a guerra civil, que terminou em 1992, em Moçambique, e em 2002 na Angola. Sei que são países muito ricos, pouco desenvolvidos e Angola é o mais corrupto do mundo.

— Mais que o Brasil? Duvido! — disse Carlos.

— É que aqui a corrupção é oficializada, defendida pelos poderes e poderosos — manifestou Lucia sua decepção.

— Dê licença para o *"special tchai"*! Com certeza Rachel tomará tchai em Katmandu. E quando chegar a Hong Kong, vai presenciar as manifestações daquela astuta população jovem de lá contra a gigante China.

— O Sr. Conheceu estes lugares? — perguntou Marinei.

— Sirvam-se, sirvam-se. — Sr. Curi tomou um gole de seu tchai e respondeu:

— Sim. Você quer ouvir histórias, não é mesmo? A Moçambique e Angola eu não fui pelo mesmo motivo que Ribamar, mas viajei por toda a África do Oeste, Senegal, Gâmbia, Guiné, Libéria, Mali, Costa do Marfim, Gana, Togo, durante um ano. Ao Norte, dois meses no Marrocos e Argélia. Passei um ano viajando pela Índia e descansei alguns meses em Goa, ex-colônia portuguesa. Estive em Katmandu várias vezes, quando morei em Hong Kong, em 1982 e 1983. Naquela época, Hong Kong ainda era colônia inglesa. Nesse período, eu viajei por quase toda a Ásia. Mas ainda me falta conhecer Austrália e Nova Zelândia, que levam uma vida ocidental, como no Canadá e Estados Unidos. Aos poucos eu contarei histórias dessa época. Agora vamos discutir nossa agenda a partir de segunda-feira e tratar de nossa transição, tudo bem? Preciso acertar isso com vocês, pois tenho que viajar amanhã e só volto na quarta-feira. Ah, e Carlos, eu preciso dos dados de sua conta bancária. Você passará a movimentar a conta do Restaurante e deverá apresentar uma planilha de crédito e débito ou um livro caixa de entrada e saída para as meninas.

As notícias correram rápido pelo bairro. A maneira como Carlos abriu o portão de sua casa foi o bastante para dona Fátima notar que ele estava um tanto eufórico. Carlos fechou o portão, mas não entrou. Olhava para a Praça pensativo. Ergueu a cabeça e começou a olhar detalhadamente para os dois urubus pousados no fio do poste, defronte sua casa. Concluía que na verdade eram duas aves grandes e bonitas. Pensava que Marinei, Carmem e Lucia também não conseguiriam esconder o furor incontrolável causado por aquelas novidades: a partida de Ribamar, o cartão postal de Rachel, e a mais impactante, os novos cargos no restaurante.

Dona Fátima estava servindo o jantar. A geladeira roncava, o relógio batia e o Street e o Folha, que aceitaram o convite de dona Fátima para residir com a família, demonstravam com a cauda a alegria da chegada de Carlos e o cheiro da comida que os aguardava, esfriando sobre a pia.

Sr. Diniz parecia estar mais dócil depois da chegada do Street e do Folha que o adotaram. Sr. Diniz fazia questão de levar os dois para o passeio antes do jantar, ou o contrário? Ele carregava uma garrafa pet com uma mistura de água sanitária e desinfetante para espirrar no local onde os cães urinavam; e sacava um saco feito de jornal para recolher as fezes deles. Ficava orgulhoso com os elogios que recebia por essa atitude e por influenciar a outras pessoas. Carlos estava contente e feliz com seu pai.

— Sente-se Carlos, e me conte. — Dona Fátima, para lá e para cá, falava e servia o jantar.

— O que aconteceu? — perguntou curioso o Sr. Diniz.

Carlos permaneceu calado por um momento pensando o quanto sua mãe o conhecia; como sempre foi carinhosa e paciente; como aceitou da vida tudo o que lhe foi dado, imposto e tirado. Com isso, Carlos aumentava o significado de mãe no dicionário de seu coração.

— Somente notícias boas! — exclamou Carlos com um sorriso contido.

— Então pode começar por qualquer uma. — Sr. Diniz se precipitou com sua lógica.

— É verdade. Então começo pela "menos boa". O Sr. Ribamar vai embora terça-feira que vem. Ele já tinha esse acordo com o Sr. Curi de ficar só três meses. Perdemos o professor e amigo, mas é boa notícia para ele que estará com seus familiares no Maranhão e depois viajará para a África junto de sua amada.

— Eu não sei como é que esse pessoal consegue levar esse tipo de vida — resmungou o Sr. Diniz.

— É mesmo uma pena perder o professor. Vocês estão tão bem e animados. Agora, como vai ser?

— Essa é a melhor notícia, mãe. Nós fomos aprovados no "curso" e vamos assumir o restaurante. O Sr. Curi já estabeleceu nossas tarefas e, uma semana por mês, vamos nos revezar: um de nós assume a cozinha, o outro assume compras e caixa e os outros dois assumem os serviços de garçom e faxina. Ficamos muito contentes com essa nova proposta. O Sr. Curi nos pediu para manter o interesse e que nós nos sintamos donos do restaurante.

Eu e as meninas ainda não entendemos muito bem quando ele disse para nos sentirmos o "Eu" do restaurante.

— Interessante! — comenta o Sr. Diniz de boca cheia, após uma garfada.

— Mas filho, ele disse para se sentir dono do restaurante, não é? Acho que é isso então. E o que tem mais de novidade? — Dona Fátima queria assunto.

— Ah, lembra a canadense Rachel? Ela nos enviou um cartão postal desde Katmandu, no Nepal. Eu nunca tinha visto um cartão postal e nem que existia Katmandu no Nepal.

— Geração internet! — exclamou Sr. Diniz.

— Nós também! Não é Diniz? Nós nunca recebemos um cartão postal.

— É. Somente contas para pagar. E por falar nisso, você viu aí o jantar vegetariano de sua mãe? Acho uma boa economizar a conta de carne.

— E a conta do planeta, né Sr. Diniz. O jantar está uma delícia dona Fátima — disse Carlos e a beijou na testa, que há tempos não o fazia, sendo interrompido pela campainha no portão. Foi atender, mas se deparou com as meninas que já estavam à porta.

— Licença, licença dona Fátima, Sr. Diniz, boa noite! — disseram Marinei, Carmem e Lucia, que já eram de casa.

— Entrem, vamos nos sentar. Já jantaram? — perguntou dona Fátima.

— Hoje é vegetariano! — ironizou Sr. Diniz.

— Não, obrigado! Já jantamos. Vegetariano — disse Marinei olhando Sr. Diniz.

— Sentem que já vou fazer um cafezinho.

— Aí sim! — disse Carmem.

— Carlos, viemos combinar alguma coisa para o Ribamar como despedida, o que você acha? — perguntou Marinei.

— Muito boa ideia! — respondeu animada dona Fátima à frente de Carlos.

— Já falamos com Sinhô Bene, dona Dêja e dona Maria Joana, e estão todos de acordo, cada qual com sua tarefa. Tere-

O RESTAURANTE VEGETARIANO E A PRAÇA ENCANTADA

mos bolo, salgadinho, torta, suco, chá e biscoito — falou Marinei num fôlego só.

— Eu posso fazer bala doce de coco — ofereceu-se dona Fátima. — Açúcar orgânico, viu!

— Vai sobrar para eu esticar a goma — resmungou Sr. Diniz, mas era um de seus doces preferidos.

— Beleza! — exclamaram contentes as meninas. — Então, segunda-feira à noite nós faremos a festa surpresa para ele, depois da reza do pôr de sol. Pena que o Sr. Curi não estará presente — disse Marinei um pouco descontente.

A segunda-feira no Restaurante corria normalmente, exceto que haveria uma festa surpresa para Ribamar. Na mesa cinco, entre garfadas e goles de suco, o assunto discorria entre os quatro fregueses desta maneira:

— Sem nunca darmos atenção a ele, o planeta Terra continua a rodar como um pião no espaço, girando com suas duas velocidades: a de 107.208 quilômetros por hora em volta do sol e a de 1.720 quilômetros por hora em volta de si mesmo, sua linha imaginária, ou seu eixo. Percebem?

— Difícil perceber, e, por causa de seu núcleo feito de metal líquido, totalmente despercebido, derretido pelo fogo, a Terra funciona como um enorme ímã, com pólos positivo e negativo, que nos protege de partículas que vêm do espaço e até do vento solar, muito forte e nocivo. Forças magnéticas. E quem pensa nisso?

— Um núcleo em magma cozinhando com temperaturas entre 5 e 6 mil graus centígrados, como a temperatura da superfície do sol. Uma panela de pressão que não explode graças aos vulcões, suponho.

— De fato, quase nunca se ouve alguém falar ou conversar sobre esse imã gigantesco, sobre essa velocidade e muito menos sobre essa panela de pressão cozinhando. E tampouco se percebe a estabilidade planetária pela força da gravidade.

— Porém, o que se ouve e preocupa é que andavam discutindo, como uma banalidade, as ameaças de uma guerra nuclear entre nações ao redor desse mesmo planeta giratório. Sem poupar sensacionalismo. Com transmissão ao vivo. Sem nenhum pudor é possível ver o desfile de arsenais de guerra capazes de destruir tudo, tudo, o que não faz sentido. Apenas uma irracional demonstração de poder. E nesse contexto, há quem se pergunte: *nascer, para quê?*

— E, na mesma rapidez do movimento do planeta, surgem novidades tecnológicas, científicas e de outros tipos. E a energia do calor humano continua a engravidar e a dar à luz.

— E mais, cruzamos os braços diante de tudo isso. Não conseguimos exterminar a miséria e a fome. Ainda classificamos pessoas pela nacionalidade, por refugiadas, escravas, por sexo e gênero, por cor e raça, rico ou pobre, feliz ou infeliz.

— Eu sugiro acabar com hackers, fraudes, roubos, golpes e corrupção na vida e em todos os setores de governos, mas como, não é?

— A verdade é que o mundo roda tenso em sua velocidade despercebida; e seu imã não nos protege desse mal. O mal humano. A ciência guerreia pelas patentes e lucros milionários de suas descobertas. Com a Inteligência Artificial, os robôs nos ameaçam ao descarte, chegam cada vez mais inteligentes e dotados de aparente perfeição humana, prontos para a reprodução em série.

— E a tecnologia da informação? Transformava os seres humanos em aplicativos ambulantes monitorados. Uma sacada de grande utilidade nas prestações de serviços, cálculos matemáticos, atendimentos virtuais; e essa tecnologia da informação anunciava um novo aparelho terráqueo a partir de sua perspectiva, com a inteligência artificial, os robôs! E o próximo computador já é quântico!

— Tudo muito rápido, o amanhã quando chega já é hoje.

— Pois é, e com a quantidade de informação disponível, ficou difícil saber o que era verdadeiro ou falso. Ou mais ou menos. Aproveitando-se disso, tornou-se comum a criação de "fake news", ou notícias falsas, usadas na política e por políticos para confundir um povo já todo "confuso".

— Em resumo, para mim, com o total desrespeito ao meio ambiente e com uma população de sete bilhões e meio de habitantes, o mundo estava mesmo uma merda, ou melhor, complicado, obedecendo a uma lei a qual, quando algo cresce, cresce junto o que há de bom e de mal nesse algo.

— Pelo menos temos um Restaurante Vegetariano no bairro da periferia e uma Praça bem defronte para descansar depois do almoço.

Para uma segunda-feira, essa era a mesa considerada pelos novos administradores o verdadeiro prato cheio! Eram fregueses conhecidos da praça: o Platão, o Castanheda, o Einstein e o Erva, o cantor, assim apelidados. Viviam bem-informados. Eram críticos, irônicos, às vezes sarcásticos ou cínicos. Às vezes funambulescos. Nunca se saberia se estavam levando uma conversa a sério.

Eram eles que mantinham o Segredo da Praça, o sigilo sobre a existência de várias plantas de poder espalhadas pelos canteiros sem que ninguém notasse ou soubesse quem as plantou, mas que foi descoberto por eles. Nem o grupo que estava fazendo o "A Praça Encantada".Doc. notou, mas estava tudo filmado.

Havia na Praça o canteiro de ervas medicinais, muito bem cuidado e utilizado pela população desde o início. Porém, havia também, entre os arbustos do canteiro central, um belo e frondoso pé de Erythroxylum Coca, totalmente despercebido, com suas finas e pequenas folhas amargas e anestesiantes. No canteiro de margaridas, crisântemos, rosas e outras flores coloridas havia também três pés de Papaver somniferum, a papoula, com suas flores cor de rosa e suas cápsulas verdes que, ao receberem leves cortes longitudinais, "sangram" um líquido leitoso, o ópio, que significa suco em grego. No canteiro em que havia diferentes cactos, eles descobriram a presença de um Lophophora williamsii, conhecido como peiote ou mescal; e um pé de Echinopsis pachanoi, conhecido como Wachuma e Cactos São Pedro. Havia ainda um frondoso pé de Brugmansia, do gênero Datura, com suas flores brancas, conhecido popularmente por trombetas ou floripondios, todas importantes plantas de poder para os Xamãs.

O pé de cipó Mariri, o Banisteriopsis caapi, e da Chacrona, a Psychotria viridis, para se obter o chá de Ayahuasca, foram eles que plantaram. Foi um presente trazido da floresta do Acre, na fronteira com o Peru, dado pelo Índio Yawa Bane, da Tribo Huni Kuin, que conduziu um ritual da "Jiboia Branca" com Ayahuasca na Praça havia alguns anos para cinco pessoas, numa noite de inverno, ao redor de uma fogueira.

Os três pés de canabis também foram eles, Platão, Castanheda, Einstein e o Erva que plantaram, mas não sabiam quem plantou a coca, a papoula, a datura e os cactos. Eles ainda suspeitavam que algum dos cogumelos que cresciam no pequeno tronco de árvore decorativo no canteiro dos cactos fosse de psilocibina, mas nenhum deles havia experimentado, ainda.

A única informação sobre quem os plantou veio de um senhor idoso dos Guardiões da Passarada do Alba que frequentava a praça nas madrugadas a partir das quatro horas da manhã. Ele disse ter visto uma mulher — preferiu acreditar que fosse uma mulher – por várias vezes agachada, mexendo na terra, de costas para ele. A luz do poste iluminava o manto violeta que a encobria. Depois ela se sentava como um Índio e ali ficava por pouco mais de meia hora, se levantava e partia. Disse que nunca viu seu rosto, nem poderia afirmar se era uma mulher só porque tinha cabelos longos.

E o segredo da Praça era assim mantido. E melhor que fosse. É incrível e interessante como as pessoas não têm conhecimento sobre o mundo vegetal, a flora que nos rodeava, livres na natureza. A maioria das pessoas não sabia o nome das espécies de árvores ou plantas que se via todos os dias nas calçadas por onde passavam, ou nas praças e jardins. Não sabiam o nome dos pássaros e seus cantos que ouviam. Eram poucos os lugares em que algum professor de biologia conseguiu que seus alunos elaborassem placas identificando as espécies de árvores do bairro. Naquela praça não havia identificação nas plantas e árvores, assim o segredo era mantido.

Embora houvesse outro suposto segredo da praça, ninguém o comentava. Diziam que, em algum lugar ali na Praça, jazia enterrados alguns corpos. Seriam dois bandidos mortos por bandidos e quatro terroristas ou guerrilheiros, que não sabiam ao certo, enterrados pelo regime da ditadura militar.

O dia correu normalmente com a expectativa da festa surpresa. O Restaurante e o caixa já estavam fechados, tudo limpo e pronto para o dia seguinte. No relógio, um ponteiro em cima do outro: cinco e vinte cinco. Sobrou o tempo justo para se arrumarem para a festa. Quando chegou a hora combinada, às sete e meia da noite, começou a chegar o pessoal, os convidados, com seus pratos para a festa de despedida de Abdullah Ribamar. As meninas já haviam deixado tudo mais ou menos preparado, mas sem deixar pista. Todos foram se acomodando em silêncio nos dois salões do restaurante. Carlos desceu até o quintal em direção ao quarto de Ribamar para chamá-lo e entretê-lo por mais algum um tempo. Enquanto isso, as meninas terminaram os arranjos, como os vasinhos com flores coloridas de costume sobre as mesas e afixaram na parede, duas cartolinas de papel escrito em letras grandes: "Gratidão e Muito Obrigado Ribamar!" e na outra, "Boa Viagem! E até breve", de seus alunos Marinei, Carmem, Lucia e Carlos; e de todos do bairro.

Carlos demorou pelo menos cinco minutos; e já acelerava a ansiedade dos ansiosos. De repente, ele aparece na porta da cozinha, pálido, quase chorando, com uma folha de papel na mão.

— Ele já se foi. Deixou essa carta — disse surpreso, mas carregado de tristeza. Marinei e Carmem rapidamente se aproximaram e o abraçaram. Carlos havia lido a carta que o comoveu profundamente, o que desencadeou uma celeuma entre os presentes. Ribamar havia escrito a carta com sua caneta tinteiro na cor azul anil em caligrafia cursiva muito bonita.

— Leia, por favor, Carlos — disseram ao mesmo tempo em voz alta. Carlos enxugou os olhos. Beijou as meninas na cabeça e abraçando-as, levou a mão direita mais próxima para enxergar e começou a ler para que todos ouvissem:

— *"Minhas queridas Marinei, Carmem e Lucia; meu querido Carlos".*

Do Poeta Rumi:

"Despedidas são só para quem ama com os olhos. Porque para aqueles que amam de coração e alma, não existe separação."

Eu não teria forças para passar por esse momento de profunda emoção ao lado de todos vocês. Meu coração iria palpitar; fibrilar e chacoalhar, isso se não parasse ou explodisse. Eu corro esse risco. E sou chorão também...

Levarei vocês comigo, inseparáveis, em meu coração e minha memória; e junto levarei o processo desde o primeiro dia quando os conheci e como os deixo hoje. Vocês, seres humanos verdadeiros. Graduados na Escola da Vida! Uma alegria imensa.

"Não se lamente. O que se perde retorna de outra forma." De Rumi também.

Assim me conformo novamente com o otimismo de meu poeta preferido, Jalaladim Maomé Rumi. Todavia me pergunto: que outra forma terá você, Marinei, Carmem e Lucia quando retornarem a mim? Serão flores de coloridas pétalas que encantam na terra como as sereias no mar ou pássaros no céu? Ou na forma de essência dessas flores, em fragrância sutil de um perfume sublimado ao vento? Com certeza retornarão na forma que a gratidão sempre se apresenta, vinda do fundo do coração.

"À alma lhe foi dada seus próprios ouvidos para ouvir as coisas que a mente não entende". Rumi, incontestável.

Aqui encerro com um beijo no coração de cada um de vocês.

Que a festa continue!

Que Allah sempre os proteja e abençoe!

As-Salaam-Alaikum

Abdullah Ribamar

A festa continuou como solicitado por Ribamar na carta, mas os convidados não pouparam os comentários. Alguns disseram "isso não se faz", mas voltavam atrás, considerando que ele preveniu seu problema de saúde.

Verdadeiramente uma surpresa, mas, ao mesmo tempo, um exercício imaterial: formar a imagem do Ribamar; expandir a mente, colocar nele a atenção e brindá-lo em ausência. Fazer todos os votos de costume quando alguém querido se vai. Foi o que restou fazer. E não faltou emoção que roubasse fios de lágrimas de cada um.

Ribamar saiu sem que ninguém percebesse, com a pouca bagagem de quando veio, depois da oração do pôr do sol naquela segunda-feira. Mas ele deveria partir no dia seguinte. Já tinha tudo pronto. Tudo organizado como se fosse preparar almoço para cem pessoas. Seria difícil saber como ele soube que haveria uma festa de despedida para ele. Talvez o simples fato de suspeitar que lhe fizessem a tal festa o levou a se prevenir, ou melhor, prevenir seu coração, como ele mesmo disse na carta.

Naquela manhã, porém, Ribamar realizou o ritual de se lavar, ou higienizar-se para Salat em árabe, e saiu para fazer sua primeira oração na praça. Deitou seu tapete no chão, com a imagem da Caaba, tirou os sapatos e começou sua viagem em direção à Meca. Sua pronúncia das palavras em árabe era quase perfeita. Que pedido teria feito Ribamar? Seria difícil saber, mas talvez adivinhar que tivesse pedido proteção em sua viagem e para aqueles que ficavam. Os "Guardiões da Passarada do Alba" foram as únicas testemunhas que viram Abdullah realizar sua última reza na praça, seus últimos movimentos disciplinares de devoção e concentração em Allah, ensinados por Maomé (Que a paz esteja com Ele).

Os "Guardiões da Passarada do Alba", assim denominados por eles mesmos, eram aqueles idosos vilipendiados pelos valores da vida, que acordavam, ou não conseguiam dormir às quatro e meia da madrugada e se encontravam na Praça. Como hábito, um entre eles trazia uma garrafa térmica com café e leite e compartilhava com os demais. Havia entre eles também quem trazia uma garrafa de cachaça. Essa hora da madrugada era fria e os guardiões chegavam vestidos em seus casacos, paletós ou mesmo com cobertor às costas, de chapéu ou gorro na cabeça. Os que bebiam traziam sempre uma gota na ponta do nariz, que nunca notavam. Sentavam-se em cima de jornal ou algo quente e macio para não doer o ísquio, os ossos da nádega, numa posição comum entre eles: de pernas cruzadas, as costas bem arqueadas, braços sobre as pernas e as mãos sobre os joelhos. Ora olhando para cima, e mais comumente olhando para baixo. Muitos deles fumavam e, no silêncio da madrugada, o som da tosse carregada era como se o pulmão e as veias dos olhos fossem explodir. E, claro, o que acompanhava esse esforço pulmonar era cuspido para os lados. Mas tudo se acalmava; por determinado momento a quietude pairava, e de consciência se preenchia o silêncio.

A luminosidade da manhã aparecia em sua lenta e despercebida intensidade, inundando o escuro de luz. Raios solares iluminando e aquecendo, quando começavam a se manifestar os pássaros em saudação àquela força e energia vital, também notável na expressão dos Guardiões, o êxtase, o relaxamento facial com o sorriso de felicidade e paz, proporcionado pela beleza da dimensão do infinito no céu, o lugar nenhum, que avistavam seus olhos molhados, que os transformava e os ausentava, estando ali apenas um corpo físico. Ribamar foi visto neste contexto pelos Guardiões da Passarada do Alba, uma miragem ofuscada pelo sol em suas memórias, uma aparição em meio ao devaneio; seria como um sonho para aqueles idosos, onde um ser Mulçumano, do deserto subsaariano, aparecia, iluminado, ali na Praça, fazia sua oração e se apagava com o sol nascente, enquanto do outro lado ainda brilhavam no céu a estrela e as pontas da lua nova.

No dia seguinte, todos chegaram ao restaurante mais cedo do que o normal, talvez esperassem ver Abdullah em seu momento de oração. É sempre assim, vai embora quem precisava ficar, ou não. O coração apertado em cada um impedia a intenção da fala e restava um silêncio de tristeza pela ausência do Mestre que os recebia todas as manhãs com o café pronto, sempre animado em lhes passar todo conhecimento que possuía. Fazia parte do curso essa aula da separação, do desapego e de como seguir na vida, que segue com suas sequências de acontecimentos, que alimentam a ideia de infinito.

Sem o entusiasmo de hábito, cada qual deu início à sua tarefa. Mas logo, um salto de alegria despertou a todos.

— Olhem! Um pacote e outra carta do Ribamar aqui dentro do forno! — Marinei atraiu os demais para si com o grito de deliciosa surpresa que deu, dirigindo todos à mesa cinco ao lado do caixa. Sentaram-se e Marinei começou a abrir a carta que se pôs a ler em voz alta:

Bom dia, criançada!

Agradeço muitíssimo a festa de ontem. Espero que entendam que de fato tenho um problema cardíaco e devo me cuidar. Escrevi esta carta para entregar algumas finalizações e lembretes.

Bem, vamos lá! Primeiro lembrete: lá no quarto do fundo tem comida para gatos. Os potes de comida estão em cima dos muros à esquerda e a direita. Vocês os encontrarão. À esquerda de quem entra no restaurante, quem vem nos visitar é a gata Estrela, sempre de madrugada ou um pouco antes do sol nascer. Sei que é ela porque me permitiu vê-la com seu namorado, uma única vez. Do lado direito é o gato Pantera que vem nos visitar. Camuflado com sua pelagem preta brilhante, ele sempre aparece no começo da noite. Caso não tenham notado, a presença deles afugentou todos os atrevidos ratos e pombas de nossa cozinha. Mais importante, me fizeram companhia ouvindo minhas conversas com risadas e choros em meus momentos de solidão. Cuidem bem deles!

Segundo lembrete: No idioma português, um verbo no infinitivo não tem tempo nem pessoa. Quero propor-lhes aqui alguns verbos e que vocês os conjuguem no tempo presente e na primeira pessoa "Eu", usando-os ao cozinhar infinitamente. São eles os verbos Pensar, Sentir e Fazer. Sempre acompanhados dos verbos Ousar, Criar, Experimentar, Praticar, Sorrir, Ouvir, Meditar e Amar.

Entretanto, prestem atenção em todos os verbos e pratiquem os que os façam seres felizes bem como aos demais. Pratiquem verbos cujas ações promovam seu desenvolvimento pessoal e consequentemente daqueles ao seu redor. Ponham na terra esses verbos!

Terceiro Lembrete: Não confiem na memória! Anotem tudo. Como fazem os cientistas. Afinal de contas, a cozinha é um laboratório. Anotem as quantidades, o tempo, as sequências e os processos de suas experiências na cozinha e de tudo que nela criarem. Assinem a obra!

Quarto lembrete: Saibam controlar o telefone celular, a internet e tudo o que ela oferece. Usem como ferramenta e não permitam que tomem seu tempo e nem que seja uma ditadura em suas vidas.

Aceitem os livros de presente e peço desculpas se não agradei com o tema escolhido. Sugiro que façam um rodízio deles entre vocês.

Até breve!

As-Salaam-Alaikum

Abdullah Ribamar

Havia cinco pacotes e cada qual tinha um nome escrito com mesma caligrafia e a mesma caneta tinteiro na cor azul anil. Marinei fez a distribuição e afoitos cada um pôs-se a desembrulhar seu pacote. No quinto pacote estava escrito "Ao Restaurante Vegetariano".

Marinei abriu seu presente e ficou contente com o clássico "Ética" de Spinoza. Beijou o livro e de olhos fechados deu um cheiro profundo entre as páginas para sentir o perfume de papel e impressão nova. Finalmente ela poderia entender melhor as cartas da Doutora Nise para Spinoza, ou não.

Carmem abriu o pacote e leu o papel que Ribamar lhe escreveu como uma nota sobre a capa do livro:

— "O dicionário no celular será de grande ajuda para consulta rápida dos vocabulários e não terá o peso do livro. Boa leitura!" Em seguida ela leu o título do livro: "Grande Sertão: Veredas". Ficou pensativa, mas abriu um sorriso e abraçou o livro contra o peito.

Lucia já tinha ouvido falar do livro que ganhou: "O Mundo de Sofia" e exclamou:

— Filosofia! É tudo o que preciso agora — embora ninguém entendeu o porquê ela disse isso.

Carlos, apesar do presente em mãos, não tinha percebido nenhum chamado, como havia mencionado Ribamar, mas ficou muito contente em ganhar o livro O Alcorão. Também leu a nota de Ribamar: "Este é um Livro Sagrado. Dê-lhe este tratamento. Boa leitura!".

A curiosidade atraia a atenção de todos para o quinto pacote endereçado ao Restaurante, que coube à Marinei abri-lo. Era o pacote mais volumoso e mais pesado. Curiosidade em dobro. Ao abrir, outra pequena nota escrita por Ribamar surgia sobre a capa do primeiro livro. Marinei leu primeiramente a capa do livro: "Novos Caminhos de Alimentação", de Gudrun Burkhard. Eram quatro volumes. Cada um pegou um volume, atraídos como que por um imã, ou como uma criança que se atira sem cuidado sobre o que visualiza.

Marinei leu:

— Volume um, Conceitos básicos para uma alimentação sadia. E o seu? — perguntou curiosa a Carlos.

— Volume dois: Hortaliças, Frutas, Cereais, Féculas e Leguminosas.

— Alimentação em diferentes situações e idades (Cardápios e Dietas). Volume três — leu Carmem; e Lucia finalizou:

— Alimentação como base da vida social (As festas do Ano, o Cardápio diário), volume quatro.

Marinei pôs-se a ler a nota escrita por Ribamar, sem deixar que a interrompessem:

Minhas queridas e meu querido!

Aproveito para complementar o que o Sr. Curi nos apresentou como Agricultura Biodinâmica. Nestes quatro volumes vocês terão muito conteúdo. A Dra. Gudrun, médica antroposófica e escritora, tinha profundo conhecimento antroposófico e a isso dedicou sua vida no Brasil. Aproveitem também para conhecer mais sobre Rudolph Steiner e a Antroposofia.

Até breve!

Abdullah Ribamar

A ausência de Ribamar começava a ser sentida. Na cabeça de cada um havia perguntas e mais perguntas. Certamente contavam com a ajuda do Sr. Curi, mas teriam de se esforçar como autodidatas para autoajuda; o outro recurso seria a internet. O lado bom de toda essa parafernália "on-line" era a possibilidade de acessar todo tipo de informação. A internet tem sido a melhor e mais rápida ferramenta para autodidatas. Se os "papas" da psicologia estivessem vivos, com certeza eles diriam que a internet é o "inconsciente" em nossas mãos, porém fácil de acessar, finalmente manifesto. Todavia, não diriam que fosse a cura de nenhuma enfermidade. "On-line" é como entrar do outro lado da mente e ter acesso à luz e sombra, Deus e o Diabo, conhecimento e ignorância, informação e desinformação, saber e bestialidade, verdadeiro e falso, ciência e arte, espiritualidade e mundanidade, todo tipo de sexo em fotos e filmes, amor e desamor, toda dualidade, todo tipo de absurdos e até aviso de chacinas ali presentes. Ao deixar-se levar pelos resultados apresentados de uma pesquisa, é possível passar horas e horas, tornar a pesquisa tão ampla que, ao sair dela, muitas vezes não sabemos nem o que pesquisávamos. Somos abduzidos por assim dizer.

HORACIO ALMEIDA PIRES

As três alunas e o aluno do professor Ribamar saíram cada qual com seu livro e começaram suas pesquisas nesse inconsciente "on-line".

Entre estudo e trabalho, a vida de Marinei, Carmem, Lucia e Carlos havia mudado completamente. Com eles, mudou também a vida daqueles com quem conviviam. Eles ajudaram a dar vida nova à Praça igualmente. Acompanhavam a mudança na vida de Sinhô Bene e toda transformação que ele proporcionou na vida de tantos outros do bairro. Foram testemunhas de como a forma de produzir e consumir foram revolucionados pelo conceito de economia circular, iniciada com as hortas, o restaurante, os artesãos, os artistas, a reciclagem e as demais iniciativas de modelos de negócios criadas a partir dessas cadeias integradas. O Sr. Curi estava por trás disso tudo. Foi dado vida a redes sociais, ao voluntariado, aos movimentos populares, coletivos culturais; discutiu-se mais sobre o Islamismo, sobre Hinduísmo, Sufismo e Antroposofia. A arte estava presente na praça em quase todas as suas modalidades; e a política era cautelosamente discutida com base em fatos e resultados concretos de experiências constatadas, que apresentaram equilíbrio espiritual, social, econômico e ambiental com base na sustentabilidade, garantindo qualidade de vida, saúde física e mental da população e o equilíbrio ambiental e emocional. Com isso elevaram o nível de consciência política e conhecimentos ideológicos, pondo fim àquelas discussões de fanáticos violentos e amargurados, com fundamentos arcaicos, dispostos a ganhar tudo no grito ou com dinheiro.

Mas enquanto a Praça dava sinais de ser um porto seguro para quem embarcava a um futuro desejado e ideal de uma sociedade humana, o mundo ainda sucumbia nas mãos daqueles que odiavam e temiam o futuro evoluído, e assim, mantinha-se tudo como estava: nas mãos de poderosos que sofriam de um medo injustificável, cuja matriz estava no egoísmo, na ganância e na luxúria. Eram pessoas que se esforçavam para cristalizar a vida no cômodo confortável que gozavam em suas míseras vidas. Nenhum ato de compaixão. Pessoas dominadas pelo desejo de se perpetuarem no poder, mesmo à força. Os psicopatas no poder. Entre essas pessoas estavam presidentes de países e de partidos políticos que davam as boas-vindas aos fantasmas suásticos, espalhando terror e temor, incertezas e insegurança no mundo. Pairava no ar uma sensação de caos. Os conflitos pelo mundo aterrorizavam com suas ações. Tudo estava sendo filmado e exibido nos meios de comunicação. Cabeças decapitadas ao vivo. Mísseis destruindo a vida de civis. A insanidade mental fora do alcance de cuidados. O demônio já não impressionava mais e aparentemente entrava na normalidade, utilizando seu poder de confundir o juízo das pessoas. Era isso o que estava sendo discutido no Restaurante e na Praça.

Para aliviar as tensões, uma vez por semana chegava para o almoço a turma que encantava a todos no Restaurante. Eram os jovens estudantes de música erudita do bairro, que fariam parte da orquestra municipal ou aguardavam por uma bolsa de estudo no exterior. Certa vez, vieram em seis. Gostavam de ser chamados assim: o clarinete, o violoncelo, os violinos, a viola e a flauta, e foram desafiados: almoço por conta da casa por um momento de música, que foi aceito com alegria.

Como chegaram no horário perto de fechar, logo que acabaram de comer, Marinei e Carlos arrumaram espaço para que tocassem. Anunciaram Bach, Guerra Peixe, Almeida Prado e Villa-Lobos, um pouco de cada. O restaurante e a vizinhança estremeceram de repente. Aquela harmonia sonora com sua força de presença silenciava tudo ao redor e tocava nos corações dos presentes, proporcionando diferentes emoções. Os mais sensíveis demostravam nos olhos alagados de lágrimas os efeitos da música. Ribamar era um deles. Lucia e o Sr. Curi também. Carlos, Marinei e Carmem ficaram impressionados com o volume do som daqueles instrumentos, sem amplificadores elétricos, que alcançavam até a praça, atraindo a gente de lá.

Não obstante, apesar de não tocarem o "jingle bells", o mundo se animava com a proximidade do Natal e os embalos do ano novo. Trata-se de dois feriados comemorados até por aqueles que configuravam datas e motivos diferentes do nascimento de Cristo. Ambos feriados festivos, com apelos consumistas e supersticiosos, liderados pelas potências ocidentais, mas que também embarcavam no espírito de confraternização e intenção de paz entre as nações do mundo e os membros da família humana. Afinal de contas, as moedas mais fortes do planeta estavam no ocidente para bancar a comemoração, em meio à fome e à miséria pelo mundo.

Aqui, abaixo do trópico do equador, as pessoas celebravam essas festas arrastando as sandálias, vestindo bermuda e camiseta, uma vez que o verão, três dias antes do Natal, anunciava que o papai Noel definitivamente não viria com seu trenó por essas bandas quentes. Particularmente, muitos expressavam sentimento de dó de todos aqueles que se sujeitavam a se vestir de urso, de pato, cebola ou de papai Noel, pingando suor e quase sufocando naqueles trajes, se exibindo em centros comerciais para criancinhas muitas vezes amedrontadas, como se eles fossem espantalhos.

No Restaurante Vegetariano, o que estava sendo tratado era o cardápio de verão. Pela primeira vez, os quatro se reuniam para essa experiência. Discutiram sobre a qualidade da água e da terra, sua composição química e mineral absorvida pelas raízes dos vegetais e que nós absorvemos como alimento. Discutiram sobre gosto e paladar, molhos e temperos, cores e formas, perfumes e odores.

Quando quase tudo estava definido, Marinei trouxe a memória de Ribamar para lhe agradecer, um ato de gratidão compartilhado pelos demais.

— Nossa Marinei! De repente me vejo parte de um grupo discutindo importantes decisões empresariais e técnicas de alimentação que, se não fosse por vocês e, principalmente, por Ribamar e o Sr. Curi, eu nunca seria capaz... — disse Lucia, e Carmem a abraçou com carinho, confortando-a.

Lucia não pode continuar sua fala impedida pela emoção entre lágrimas e soluços contidos. Uma enxurrada de imagens em sua memória trazia um passado cheio de tristeza, incertezas e desprezos que aconteceram no começo de sua adolescência. A morte da mãe alcoólatra, a descoberta de que nunca conheceria seu pai, os abusos de seu padrasto e o dia em que presenciou seu assassinato; o fracasso na escola, o desinteresse pela vida e o desinteresse da vida por ela, sempre se sentindo desprotegida. Lucia tinha uma sucessiva vontade de morrer, mas algo dentro dela lhe dava forças para aceitar e continuar. Ela era capaz de reconhecer os momentos em que a vida lhe encorajava, como as obras dos grandes mestres pintores, como quando conheceu Carmem, ou o convite para trabalhar no restaurante, o curso e agora, como ficou contente com o livro, ou a mensagem que Ribamar lhe transmitiu através do livro o Mundo de Sofia. Para ela, aquela era uma estória que levaria aquele passado embora e que, talvez, seria preenchido pela história da filosofia e substituído pela personagem de Sofia.

Aquele momento foi de emoção. A ausência dos Mestres deixava um inesperado vazio naquelas "crianças", que elas o preenchiam da certeza de que estavam praticando os ensinamentos que lhes foram dados, ao concluírem importantes decisões.

Surgiam novos pratos no cardápio então: maionese de abacate, pesto de rúcula, o tradicional vinagrete, mel com mostarda e chutney de manga e de coco. Novidades nas saladas também: beterraba, rabanete e erva-doce, raladas, com uvas passas; beldroega com molho de limão, sal e azeite; couve crua fatiada fina com folhas de hortelã; rabanete com nabo ralado; e folhas de espinafre, alface, tomate e batata yacon crua; uva passa, tâmara, damasco e ameixa picados, temperados com azeite, sal e limão para misturar a qualquer das saladas.

Uma mensagem no celular de Carlos dizia:

"Infelizmente não estarei presente no Natal com vocês e aqui deixo meus votos de Feliz Natal. Talvez eu tenha tudo resolvido para o ano novo e assim poderemos conversar mais. Por favor, continuem o trabalho que vocês vêm fazendo. Façam suas retiradas de salário normalmente. Estarei em lugar sem alcance de rede telefônica e internet, portanto não receberei mensagens. Deus os proteja! Abraço"

Carlos, mais que depressa, reuniu as meninas para lhes mostrar a mensagem em seu celular, lida em voz alta pela Marinei, que tomou o celular de suas mãos. Uma mensagem clara, mas um tanto curta, seca e, portanto, enigmática para eles. Os olhares entre si focavam as mesmas perguntas: O que teria acontecido? Por que o Sr. Curi não conversa por telefone? No recado estava claro que não teriam resposta imediata. Na mente deles, em sincronia, havia um único pensamento: Feliz Natal Sr. Curi! Carlos escreveu essa mensagem e enviou para o Sr. Curi de seu celular.

Carlos rompeu o silêncio.

— Vamos continuar o trabalho que estamos fazendo, conforme está no recado. Vamos fazer nossas retiradas, afinal é Natal e contamos com a proteção Divina.

— É isso aí, Carlos — sustentou Marinei.

— Nem sei o que dizer — comentou Carmem.

— Melhor que dizer qualquer coisa, é, vamos fazer qualquer coisa, meu amor. Vamos trabalhar para servir o melhor alimento vegetariano do mundo, no melhor Restaurante Vegetariano do bairro!

— Nosso Restaurante! — completou Carlos.

— É isso aí: nosso restaurante! — confirmou Marinei.

Apesar do ânimo, ficaram todos ali parados, cabisbaixos, pensativos, acariciando suas queimaduras nas mãos e nos braços, um presente recebido do forno ou das panelas quentes, ou arrancando a casquinha de algum ferimento cicatrizado na pele. Refletiam com o olhar nos dedos das mãos e os cortes da afiada faca do recente aprendizado. Começavam a colecionar cicatrizes que contavam histórias que nada podia mudar, nem a notícia do distante Sr. Curi.

Naquela noite, o sono não veio para Carlos. Decidiu então levantar-se e ir até a praça para ver o nascer do sol, com uma hora de antecedência. A exceção da fraca luz dos postes, todo escuro era o céu às cinco da manhã. Ao se aproximar, Carlos notou um movimento no banco da "Contemplação". Logo reconheceu os idosos ali sentados, os "Guardiões da Passarada do Alba" e do mesmo modo foi por eles reconhecido.

— Bom dia Sr. Carlos. Veio ver os fantasmas? — ironizou Paco, o espanhol. Na verdade, Sr. Francisco, oitenta anos de idade. Quando criança, em Valencia, na Espanha, presenciou a morte de seu avô na guerra contra o ditador Franco. Seus pais conseguiram fugir para o Brasil em 1937. Aqui, Sr. Paco estudou, mas trabalhou muito para ajudar seu pai que trabalhava com sucatas, o "ferro velho", assim chamado naquela época, que hoje é reciclagem. Paco adorava música e logo aprendeu a tocar violão. Aos vinte e um anos, desprezado por sua amada, decidiu sair de casa e viajar pela América do Sul. Cantava e tocava bem, o que lhe garantiu a manutenção da viagem, se apresentando em restaurantes e casas de dança. Sr. Paco, depois da primeira garrafa de vinho e uma copa de conhaque, o mundo se desfazia para ele e deixava claro que incorporava um cigano andaluz, pela maneira como tocava, cantava, dançava e encantava a todas e todos. Ele dizia que não soube administrar bebida alcoólica e mulheres, e que amar demais foi sua ruína. Seu pai lhe havia deixado uma razoável condição financeira, que lhe permitia viver humildemente. Não conseguia mais tocar nem tomar vinho, pois um início de Parkinson não lhe permitia. Oferecia-se como cobaia para teste de canabis contra esse mal. Ele encontrava seus amigos na praça e estava sempre presente nos momentos de dificuldades financeiras dos demais.

Naquele momento, todos se voltaram a Carlos, ali parado, surpreso por ter sido reconhecido no meio daquelas silhuetas no escuro da madrugada.

— Tome um café com leite — estendeu-lhe a mão com um copo o Sr. Floriswaldo, com "dábliu", dizia ele, o mais novo da turma, com setenta e três anos.

— Obrigado Sr. Floriswaldo. — Carlos o reconheceu por sua presença em alguns almoços no restaurante.

— Lá vem o Manco! Olhem. Coincidência, eu sonhei que ele tinha morrido. —Chamou a atenção de todos com seu comentário o Sr. José.

O Manco era o Sr. Lopes, setenta e cinco anos de idade. Ele não pisava com apoio no pé esquerdo desde que sofreu o atropelamento em que teve a perna, tornozelo e pé quase triturados pela roda do caminhão carregado de pedra e areia. Ele se recusava a usar muletas e então caminhava lentamente, sempre mancando o pé esquerdo, de maneira que doía em quem o observava caminhar. Sr. Lopes teve família, mas foi abandonado por todos quando se deixou ser levado pelo vício de bebida alcoólica. Ele não tinha problemas em dizer que sua mulher o traía, brincava, até que ele flagrou. Isso o decepcionou muito. Queria esquecer seu grande amor e começou a beber. Passou dias e noites seguidos pelas ruas bebendo. Quando acabou seu dinheiro, juntou-se a outros como ele e assim perdeu tudo que tinha. Tentou voltar para casa, mas não havia mais ninguém lá. Passou anos naquela vida. O primeiro acidente, atropelamento, ou a morte como dizia, veio para que ele pudesse nascer novamente. Aos quarenta e dois anos, ficou um mês hospitalizado e quando saiu parou de beber e começou a trabalhar em diferentes empregos temporários. Quinze anos depois, aos cinquenta e sete anos, decidiu procurar os filhos e os encontrou, mas para sua surpresa e profunda tristeza, não foi recebido por eles. Foi ignorado e desprezado, o suficiente para voltar a beber e, novamente, depois de dez anos pelas ruas, foi vítima desse outro atropelamento. Mais uma vez conseguiu parar de beber e se recuperava para a vida. Ganhava um salário-mínimo com a aposentadoria e morava na pensão, a qual prestava serviços, para ter um bom desconto na mensalidade e ter o que fazer. Seus únicos amigos eram aqueles na praça.

Todos ali tinham uma história de vida bastante difícil e algum ponto em comum. Pressão alta, diabetes, mal de Parkinson, osteoporose, doenças cardíacas, pobreza, abandono etc. Idosos que foram vítimas de algum tipo de trauma, que causa tristeza profunda, ou alguma desgraça devastadora em algum momento de suas vidas. Traumas não tratados. Senhoras e senhores que sofreram algum infortúnio cruel, que os atiraram à frieza da solidão humana, lugar esse apenas para os fortes. Ali estavam seres que tiveram de aceitar e aprender a viver com o desrespeito alheio. Viver jogados aqui e acolá pela vida ou pelos próprios familiares. Atirados ao desprezo do título de "velhos". Sem bens materiais para atrair interesses. Caídos no esquecimento daqueles que ainda gozam de boa memória.

Pela expressão no rosto do Manco, assim que se aproximou de todos, não tinha dúvida de que ele trazia más notícias.

— Quem, Manco? — perguntou Sr. Ozires, já prevendo algo fatal.

— O Lupa. Morreu essa noite — respondeu seco com pigarro. – O Juca da pensão me disse que ele caiu no quarto e bateu a cabeça na quina do móvel de cabeceira. Só viu quando foi chamá-

-lo para comer. Acho que morreu na hora. Parou de sofrer, não é? Estava muito magro e fraco. Tinha setenta e cinco anos, a minha idade, mas de tão acabado parecia que tinha uns noventa. Fazer o quê, não é? — deu uma pausa e disse: — Agora somos oito.

Sr. Lopes tirou o lenço, enxugou os olhos, assoprou o nariz, olhou para Carlos e perguntou.

— E esse aí? Veio filmar o documentário também? Senão é muito novo para estar aqui no meio a essa hora. — Sr. Lopes se referia ao grupo de cineastas que descobriu a existência dos Guardiões da Passarada do Alba.

— Esse é o Carlos, aí do Restaurante Vegetariano — disse o Sr. Ozires. — Ele que sempre nos oferece uma refeição e que sempre vem faltando uma costelinha de porco... — brincou.

Sr. Ozires nasceu ali no bairro e vivia com sua filha, seu genro, dois netos e uma neta que ele tinha orgulho em dizer que era a princesa mais linda do universo. Ele ironizava quando dizia que tinha consciência do que era ser idoso, principalmente quando se chega à idade do "vaso", e explicava a mão de obra de pegar o idoso, pôr lá fora para tomar sol; tirar o idoso para sombra; e quando chovia quase sempre esqueciam o vaso na chuva.

— Pois é, Sr. Ozires, eu vim ver o nascer do sol hoje. Perdi o sono e aqui encontro vocês. Não sabia que se reuniam aqui a essa hora também — disse Carlos.

— A Praça Sagrada! — professou o Sr. Chico que, igualmente ao Sr. Jair e o Sr. Caio, estavam apenas ouvindo as conversas. Esses três não tinham nem documentos. Eles tinham pouca lembrança de si mesmos, resultado do álcool e do craque, a droga do fim da linha. Beneficiavam-se dos movimentos "Adote um Idoso" e "Adote um Avô" sempre tentando sensibilizar as pessoas para a realidade do envelhecer para todos aqueles que não morrem antes.

— O pouco dinheiro que o Lupa tinha foi para a cremação. Será hoje às quatorze horas, mas eu não vou. Já prestei minhas homenagens e já me despedi dele lá na pensão com minhas orações. Ele também não vai ao meu enterro... — ironizou Sr. Lopes, o Manco.

— Nos encontraremos lá para nos despedirmos dele. Quem quiser ir comigo, meu táxi sai daqui da praça ao meio-dia — disse Sr. Paco.

De súbito, um silêncio tomou conta do momento. Cabisbaixos e introspectivos, podiam sentir entre si que todos reverenciavam condolentes o falecido Lupa, assim apelidado pela espessura da lente de seus óculos. Seu nome era Ernildo da Silva, natural de algum lugar no interior do Pernambuco, talvez, dizia ele, pois seu pai, um caixeiro viajante, nunca o registrou, não deu tempo. Quando contava o que lembrava, dizia que estava naquela viagem, levado pelo pai, para aprender a ser vendedor e dar uma folga à sua mãe, que ficara cuidando de seus três irmãos menores e a menina mais velha ajudando. Ele lembrava que, certa noite, na pensão em que estavam, e não tinha ideia de que lugar era aquele, seu pai começou ter um "treco". Puxou-lhe pelo braço, apertando-o, e lhe disse que, se algo lhe acontecesse, ele deveria mostrar o bilhete que estava em sua calça. Disse isso e morreu. Talvez um enfarte, nunca teve certeza. Desesperado, o menino chamou o pessoal da pensão. Pouco depois, no meio da confusão, ele ficou assustado quando ouviu o que dois adultos conversavam: — *O pai a gente enterra, mas agora, o que vamos fazer com o menino?* Isso foi o suficiente para fazer o Sr. Ernildo, uma criança de sete anos, fugir daquele lugar e não se lembrar dele para o resto da história. Ficou vagando por aquele mundo enorme, de canto em canto, como um cão perdido. Ele foi adotado várias vezes, ou deixou-se adotar, apenas para trabalhar numa fazenda ou outra, mas sempre fugia. Quando já era mais jovem, se escondeu na carroceria de um caminhão e saltou em São Paulo. Nunca mais encontrou sua mãe, nem a irmã e nem seus irmãos. Aquele bilhete, que com certeza estava escrito o endereço de sua casa, o Lupa disse que se esqueceu dele, quando teve de lavar a calça que sujou, por causa da diarreia que teve no dia antes da morte de seu pai. Dizia que ficou zanzando pelado no mato, esperando a calça secar, pois só tinha aquela, depois de defecar no campo perto da pensão onde estavam.

Ele sabia como narrar sua história como ninguém e dizia que não deu mais sorte do que aquilo em que se tornou, desde que chegou a São Paulo, porque se perdeu com a maldita cachaça.

O RESTAURANTE VEGETARIANO E A PRAÇA ENCANTADA

Trabalhou no mercadão, carregando e descarregando carga de caminhão até quando sua carcaça aguentou. Orgulhava-se em dizer que chegava aos setenta e cinco anos de idade, aposentado, pelo pouquinho de amor-próprio que economizou na vida. Infelizmente, um acidente num quarto de pensão solitário levou o Sr. Ernildo, apelidado de Lupa.

Carlos estava sensibilizado, não esperava presenciar aquele momento na praça, nem ouvir todas aquelas histórias daqueles senhores, agora iluminados pelo sol no dia claro. O que Carlos sabia era que havia um diferencial nos idosos da Praça. Eles se reuniam pelo menos três vezes por semana, no fim da tarde, antes do pôr do sol, para jogar xadrez. Eles tinham os jovens do Clube de Xadrez, recentemente criado no bairro, como mestres, que os ensinavam e incentivavam a jogar. Os "Guardiões da Passarada do Alba" reconheciam aquilo como um gesto de atenção e carinho. Esses mesmos jovens também influenciaram muitos outros no restaurante quando jogavam xadrez, ou melhor, faziam demonstrações que atraiam os fregueses curiosos depois do almoço. Carmem já sabia jogar, mas Carlos, Marinei e Lucia estavam a aprender. Entre os malucos da praça, jogar xadrez podia ser uma comédia. Sob o efeito da canabis, teve partida que durou um mês e meio. E empatou. Eram dois excelentes jogadores e, para eles, o mais importante era pensar sem tempo na jogada.

Para Carlos e as meninas, a saída de Abdul e a ausência do Sr. Curi parecia um cheque de Cavalo num Rei pego de surpresa. Era cedo ainda para reconhecerem a importância e o poder dos Peões, uma vez que diziam que assim se sentiam naquele tabuleiro da vida.

O calor aumentava com a chegada do verão. A sensação de quarenta graus positivos ardia na pele. Olhando ao redor, se percebia milhões de sóis queimando e cegando os olhos de quem olhasse, sendo reproduzidos e refletidos em chapa de carros, em cromados e vidros pretos, parados ou em movimento. O asfalto fervilhava; cimento, pedras e azulejos abrasavam; motores esquentavam; a fumaça e o calor de escapamentos temperavam o ar; vitrines de lojas e tudo mais ao redor propagando calor. A brisa soprava quente, abafada. Talvez o inferno fosse pior. Mas a luxuosa decoração de Natal estava presente, piscando suas luzinhas chinesas, brilhando em purpurinas e plásticos coloridos enfeitando aquela cara de Papai Noel suada e sem graça, muitas vezes de isopor.

Marinei e Carmem pensaram em comprar alguns enfeites de Natal para o Restaurante.

— Há anos que é tudo tão igual, tão a mesma coisa que dá até raiva.

— É mesmo — concordou Marinei, que nunca havia pensado naquilo.

— Parece que acabou a criatividade das pessoas. Não acho culpa dos chineses, que se esforçaram para atender o que nossos consumidores pedem — disse Carmem, o mesmo que diria seu pai diplomata.

— Pensando bem, a onda da reciclagem foi a única novidade em termos de criatividade que eu vi.

— É, árvore de garrafa pet. Eu particularmente as acho horríveis. Quer uma sugestão ecológica com melhores resultados? Aproveitar a família reunida no Natal e cada um plantar uma muda de pinheiro numa lata, cuidar com carinho, para ser usada no Natal seguinte e depois ser transplantada num espaço adequado. Acho mais educação ambiental do que ver crianças pedindo para os pais comprarem refrigerantes para levar as garrafas pet à escola e fazer árvore de Natal — criticou Carmem.

— Nossa que ridículo, eu não havia pensado nessa verdade também — ponderou.

— Mesmo assim, que tal se pegarmos os resíduos de embalagens que temos no restaurante e criarmos nossos enfeites?

— Boa ideia. "Bora" lá!

Carlos ouvia a conversa e aproveitou para anunciar a primeira reunião de prestação de contas. Nessa reunião, Carlos fez um comentário sobre a possibilidade de o Sr. Curi estar testando a honestidade de todos.

— Acho que ele confia em todos nós, senão estaria à frente dos negócios — disse Marinei apoiada por Carmem e Lucia.

O RESTAURANTE VEGETARIANO E A PRAÇA ENCANTADA

— E se fosse isso, vamos sim mostrar que somos de confiança e honestos — entoou Carlos em empolgação, chamando as meninas para acompanhar os números no livro caixa.

— Mas é claro — Disse Marinei.

— Eu acho que você está certo em levantar essa dúvida, Carlos. Afinal, estamos juntos há pouco mais de três meses. O restaurante está dando certo e estamos trabalhando com boa margem de lucro neste mês, com previsão de aumento nos próximos meses com a chegada do calor, do carnaval etc. — disse Carmem.

— Com certeza o Sr. Curi estará conosco antes do ano novo. Senão teremos de contratar mais um ajudante para serviços gerais — ironizou Lucia, para trazer um clima alegre para a reunião.

Nenhum deles deu gargalhadas. Apenas sorrisos e olhares pensativos. E se o Sr. Curi não voltasse? Qualquer outro pensamento foi interrompido pelo som do agogô conduzindo o atabaque vindo da Praça. Era fim de tarde. Marinei reconheceu imediatamente o timbre de voz daquele coro de mulheres. A reunião logo acabou e saíram para ver. Ali estava o pessoal do Terreiro do bairro, pela primeira vez encerrando seus trabalhos do ano na Praça que os acolhia de braços abertos. Os moradores se aproximavam para acompanhar o ritual da Gira de Umbanda, cantar as orações aos Orixás e garantir lugar para fazerem suas consultas com as entidades. O Restaurante estava na fila, mas ninguém comentou o que cada um conversou com seu Caboclo, sua Mãe ou Pai de Santo.

Logo se fez noite. A maioria ficou na praça até encerrarem os trabalhos. Nove e meia da noite, restavam o grupo de filósofos, três casais de namorados e, como diziam os videntes, vários espíritos que encontravam, na Praça, a paz necessária.

Dia seguinte, quando chegaram para abrir o Restaurante, uma surpresa os aguardava, ou melhor, duas. Dois cartões postais, um de Ribamar e outro de Rachel. Ambos sem endereço para resposta. Ribamar escreveu de São Luiz do Maranhão. No cartão, a foto da ponte do São Francisco que liga o centro histórico da ilha ao continente onde estão o bairro São Francisco e a praia Ponta d'Areia. Em poucas palavras, Ribamar desejava feliz natal e próspero ano novo, e que voltaria a escrever de Dakar, no Senegal.

O cartão postal de Rachel trazia a foto do The Peninsula Hotel em Kowloon, Hong Kong, com sua frota de carros rolls-royces, mas ela dizia estar no lendário Chungking Mansions, um prédio comercial com pequenas hospedagens econômicas a trezentos metros daquele luxuoso hotel cinco estrelas. Dizia estar aproveitando e, exceto as manifestações políticas contra a ditadura chinesa, o estilo de vida em Hong Kong parecia ser o mesmo de quando os ingleses governavam a ilha até 1997, era o que ela ouvia. Concluía dizendo que estava de partida num tour pela China, começando numa viagem de navio de Hong Kong até Tsingtao, na China, e só voltaria depois do ano novo chinês, no fim de janeiro de 2020, ano do Rato.

Antes de começarem os afazeres do cotidiano no restaurante, Lucia coou um café, enquanto, sentados à mesa do quintal, cada um em seu celular pesquisava São Luiz do Maranhão, a ponte, o centro histórico, a praia Ponta d'Areia, Hong Kong, Tsingtao ou Qingdao. Ficaram surpresos em saber que os alemães ocuparam essa cidade na China entre 1898 e 1914 quando então o Japão a invadiu. Restaram as mansões com arquitetura alemã e a cerveja até hoje. E ficaram mais surpresos ainda em saber que a capital do Maranhão, São Luiz, foi fundada por franceses, invadida pelos holandeses e finalmente dominada pelos portugueses.

— Cafezinho da hora, dê licença. — E Lucia começou a servir.

— Nossa! Como eu não sei nada — confessava Marinei. — Ano que vem vou terminar os graus de escola, fundamental e o médio para depois encarar uma faculdade.

— Vou também, Marinei. Vamos de EJA — disse Carlos.

— O que é EJA? — perguntou Marinei.

— EJA, Educação para Jovens e Adultos. É o mesmo que supletivo. Ambos têm um tempo reduzido para terminar e é obrigatório ter dezoito anos para o supletivo do ensino médio — respondeu Carlos.

— Então servirá para mim também. Vou me inscrever com vocês. Vida nova! Arrepio-me de pensar que vou à escola — disse Lucia animada.

Faltava pouco para fecharem o Restaurante quando de repente Carlos abraçou Marinei, lhe deu um beijo na cabeça e caminhou em direção aos quatro clientes que entravam naquele momento para almoçar. Era sua ex-namorada da escola de arte e outros dois amigos, o quarto rapaz ele não conhecia.

— Oi Carlos — disse Célia, Douglas e Pedro quase ao mesmo tempo. – Há quanto tempo. Célia continuou e apresentou o quarto colega.

— Carlos, esse é Júlio. Ele estuda conosco o último ano do curso de arte.

— Muito prazer Júlio — disse Carlos estendendo-lhe a mão para cumprimentá-lo. — Vamos, sentem-se. Ah, melhor, venham conhecer as mesas ao ar livre. — E os levou para o quintal. O lugar estava cada vez mais encantador. Tinha a energia mágica do Sr. Curi e do Ribamar. Estava tudo muito bem cuidado e ainda florido da primavera. Podia-se notar a expressão de encantamento no rosto de Célia e dos meninos admirando as plantas, as flores e as hortaliças. Sentaram-se e Júlio sacou sua prancheta da mochila já com um papel preso nela, pegou seu lápis e começou a esboçar o que via, enquanto Carlos conversava com Célia e os demais.

— Soubemos do Restaurante e viemos visitar; você lembra, nós somos vegetarianos — disse Célia com uma pontinha de arrogância desnecessária.

— É. E soubemos que você estava trabalhando aqui, então... — Pedro completou.

— Já faz uns dois anos ou mais que não nos víamos, não é Carlos? — perguntou Douglas.

— Eu acho que sim — respondeu Carlos, ainda um pouco confuso e surpreso. Sua memória repassava aquele filme deprimente e humilhante de quando mal se despediu de Célia e da escola depois que perdeu o emprego. Marinei se aproximou para salvá-lo novamente, de certa forma. Colocou a mão em seu ombro e cumprimentou seus colegas.

— Esta é Marinei, minha sócia — apresentou Carlos. – Venha, sente-se aqui com a gente.

Seguiram-se as formalidades e Marinei os convidou a comer. Júlio seguia desenhando, o que já se podia notar, os contornos de Carlos e Marinei, as plantas e a horta de fundo, o muro com o reboque quebrado aparecendo os tijolos e alguns pássaros que voavam livres pelo quintal, já acostumados com o movimento de pessoas.

Enquanto almoçavam, recordavam de alguns momentos, de pessoas do passado na escola, falavam da comida e na sobremesa, teciam honestos elogios em todos os aspectos do alimento, quanto ao sabor, qualidade, sal, temperos. Júlio parou de desenhar apenas para comer e logo retomou. Célia perguntou a Carlos se tinha um baseado para fumar, o que o deixou um pouco atrapalhado para responder, mas se recompôs e num tom descontraído, mas firme, disse:

— Não Célia. Não tenho nada. Não dá nem tempo para fumar aqui, sabe.

— Sim, pelo que entendi, se a Marinei é sua sócia você é dono do Restaurante.

— Pois é. Dá trabalho o Restaurante, mas tem sido muito gratificante.

Esse diálogo encerrou o almoço, a visita e toda especulação sobre Carlos, que pela primeira vez na vida se percebeu como um ser íntegro, seguro de si, sem sentimentos de inferioridade e tampouco de superioridade, ele não sabia ser superior. Carlos via àquele Carlos a distância e quase não o reconhecia. Ficou contente com o que percebeu. As atenções então se voltaram para Júlio e como estaria o desenho no papel em sua prancheta voltada para si.

— Bem, temos de ir — disse Célia olhando ao redor. – Só estamos nós. Acho que o restaurante já vai fechar.

— Eu já volto — disse Pedro que ia pagar a conta.

— Aqui está, um presente — disse Júlio estendendo a mão a Carlos com a folha que acabara de desenhar. — Adorei esse lugar — disse. Mas puxou o braço de volta para assinar a obra e acrescentou um bigode no rosto da mulher que lembrava Frida Kahlo.

— Frida Kahlo, além de pintar, gostava de cozinhar e tinha receitas misteriosas para agradar os espíritos no Dia dos Mortos no México — disse Júlio, que lançava um olhar enigmático em Carmem enquanto entregava a obra para Carlos. Todos se esticavam para ver a obra. Um trabalho de arte. Ele desenhou Carlos sentado, essa mulher, que seria Frida ou Marinei em pé ao seu lado com a mão em seu ombro e a paisagem verde ao redor, com detalhes de flores na horta, pássaros e até um gato preto sobre o muro. Teria ele visto o Pantera? Mais tarde Lucia disse que aquele olhar do artista parecia uma "flechada" de Adoniran Barbosa nos olhos de Carmem e que deixou muitas interrogações no ar.

— Muito obrigado, Júlio. Vamos emoldurar e expor na sala do Restaurante. Ah, e se quiserem usar o espaço para expor seus trabalhos, sejam bem-vindos. — Carlos ofereceu o espaço agradecendo a visita.

— Estávamos falando sobre isso ontem, não é Célia? Espaços que promovam nosso trabalho e a arte como um todo — disse Douglas.

— Vamos manter contato e sem dúvida voltar para almoços — disse Célia.

— Voltem sempre! — disseram em coro.

Muito formalmente começaram a se despedir e Carlos, mais as meninas, os acompanharam até o portão. Voltaram para o interior do Restaurante e um silêncio tomou conta do ambiente enquanto olhavam para a obra depositada sobre a mesa. Carmem quebrou o silêncio.

— Sobre voltar a estudar, eu acho uma boa decisão concluir o fundamental e o ensino médio. Como eu já terminei, espero vocês para o curso de Gastronomia ou Cozinha Vegetariana, certo?

— Certíssimo meu amor — disse Lucia abraçando-a e beijando-a.

— E por falar nisso, que tal nos sentarmos para definir nosso cardápio especial de Natal e Ano Novo? — sugeriu Marinei.

— Vamos aproveitar também para definir nossa lista de convidados especiais, a começar pelo Sinhô Bene e sua turma. E Marinei, você é muito mais bonita do que a Frida Kahlo — disse Carlos, que nunca tinha ouvido falar de Frida Kahlo.

— Pai?! — De repente gritou Carmem surpresa.

— A Porta estava aberta, com licença? — disse o Sr. Nestor Alves dos Santos e Silva. Alto, calvo, barba grisalha bem aparada, óculos escuros, blazer de linho verde, calça de linho bege, camisa branca de linho fino e sapatos de treliça marrom.

Carmem se apressou a abraçá-lo e beijá-lo.

— Pessoal, esse é Nestor meu pai.

— Por favor, vamos sentar-nos — disse Carlos, novamente surpreso, como Marinei e Lucia, com mais aquela visita em seguida

— Ah, quero me sentar sim, venho de uma caminhada razoável até aqui. Creio me haver deixado levar pelas peculiaridades do bairro e dessa Praça encantadora — disse Sr. Nestor. — Que bela obra de arte! Esse é você, não é? E a Frida Kahlo, quem é?

— Sim, acabamos de ganhar de colegas da escola de artes — disse Carlos.

Sr. Nestor, olhando ao redor do interior do Restaurante, comentou: — Sinto uma boa atmosfera aqui nesse espaço, e pelo aroma dos temperos que pairam no ar, com certeza cheguei na hora errada e perdi vosso delicioso almoço.

— Não. Sim, pai. Podemos servi-lo sem problemas, não é mesmo Carlos? — gaguejou Carmem. – Ah, pai, esse é Carlos, essa é a Frida Kahlo, ou melhor, a Marinei. E essa é minha adorada Lucia. Eles são meus melhores amigos e trabalhamos juntos — disse Carmem um pouco atrapalhada.

— Satisfação e imenso prazer em conhecê-los. Carmem me escreveu sobre vocês e toda a história que os envolve e desde então tenho alimentado o desejo que agora realizo. Meu coração me diz que vocês estão muito bem encaminhados e protegidos. E o Sr. Curi e Abdul?

— Sr. Curi está viajando e Abdul também — respondeu Carmem rapidamente, encurtando a história.

— Ah. Que pena. Agradeço o convite para o almoço. Haverá outra oportunidade. Eu não poderia vir, por isso não avisei. Consegui de última hora essa data e reservas de voo. Infelizmente parto hoje à noite.

— Como está a "ilha desobediente"? — perguntou Carmem se referindo ao tratamento que a China dá à Taiwan. O Sr. Nestor trabalhava na representação comercial do Brasil em Taipei, que não tem Embaixada nem representação diplomática, pois o Brasil reconhece oficialmente a República Popular da China, a socialista, e não a República da China na ilha capitalista.

— Seguimos aguardando uma invasão surpresa da China de Xi Jinping, mas de resto, o mercado segue vendendo sangue de cobra, bolinho de carne de cachorro, macarrão chow mein e cópias tão perfeitas de tudo que você possa imaginar pela metade do preço do original e muita tecnologia — disse isso e ambos riram, exceto Marinei, Lucia e Carlos, que cochichavam entre si o que seria Xiping, sangue de cobra, bolinho de carne de cachorro e macarrão xomim?

— E a vida com a nova Sue Lee? — perguntou Carmem tentando esconder o ciúme.

— Tudo bem. E você, vida nova! Estou contente de ver. Quando virá me visitar? Ficarei apenas mais um ano em Taipei. Devo ir para uma difícil missão em Dacca, capital de Bangladesh.

— Bangladesh? Missão difícil mesmo. Você não domina o idioma bengali, não?

— Tenho estudado bastante. Meus conhecimentos em Sânscrito me ajudaram. Já consigo até ler alguns originais do prêmio Nobel Rabindranath Tagore, que escrevia em bengali. Lembro que eu te presenteei com o livro dele "Later Poems of Tagore" que comprei na Índia, lembra?

— Sim. Eu não li todo o livro ainda. Deve estar na estante de dona Wilmma. Quanto a visitá-lo em Taipei, sim, talvez lhe façamos uma visita, não é mesmo pessoal? — perguntou Carmem.

— Sim. Claro. Nas férias — gaguejaram essa resposta Lucia, Marinei e Carlos.

— Bem pessoal. Como se diz popularmente, "essa foi uma visita de médico". Na próxima virei para o almoço. Foi um prazer conhecer vocês e desejo um feliz Natal e próspero Ano Novo. — Despedindo-se, chamou Carmem e pediu que o acompanhasse até a Praça para uma conversa.

— Feliz Natal e bom Ano Novo para o Senhor também, Sr. Nestor — despediram em coro.

Carmem já sabia do assunto. Ele deveria lhe pedir que reconsiderasse a relação com sua mãe, totalmente em tom diplomático e, portanto, ela já tinha a resposta na ponta da língua: — convocarei uma reunião para retomar o diálogo sobre essa questão.

Mas não. Carmem não queria, pelo menos naquele momento, falar ou ver sua mãe, que se posicionou veementemente contrária, e com ameaças, à escolha de Carmem de ser o que escolhia ser e de viver livremente. Seu pai não havia participado dos ultrajantes conflitos entre ela e a mãe, agora Dona Wilmma Von Schimidt, seu nome de solteira, de origem austro/húngara e um tanto nazista, dizia Carmem.

Enquanto Carmem conversava com seu pai na Praça, o assunto no Restaurante era Sr. Nestor.

— Ele parece ser muito boa gente — disse Carlos.

— Paizão! — brincou Marinei em duplo sentido.

— Ele gosta muito da Carmem, ela me disse. E dá para notar, não dá? Se ele veio até aqui na comunidade para visitar a filha, é porque gosta. Tem pai que abandonou mulher, filhos e filhas, mora aí na rua ao lado e o maldito covarde nunca cumprimentou nenhum deles — disse Lucia um tanto nervosa por conhecer o lado desumano das pessoas, independentemente de situação financeira.

Noite de Natal. Não fosse pelo fato de serem novos vegetarianos, tudo seria a mesma coisa. Nenhuma novidade. Essa crítica partiu de Carmem e compartilhada pelos demais que acenavam com a cabeça. Na mesa natalina haveria o "tender piedade" de nós ao lado de um peru assassinado, assado e uma galinha geneticamente modificada, com mais peito, o famoso "chester" (em inglês "Chest" – peito; e "er" – mais; igual a "cold", frio; e "colder", mais frio), Carmem fazia questão de dar essa aula. Haveria também um leitão assado, com uma maçã na boca e um lombo do mesmo porco ou outro qualquer. Desmembrados, esquartejados e assados também estariam presentes, ou não, a vaca, o cabrito, o carneiro e muita carne louca, para certificar o estado de todos na ceia tradicional, regados a uma boa quantidade de álcool de fermentados e destilados de vários tipos.

Colocado dessa maneira, causava risos em todos, mas não havia bom humor na fala de Carmem. Poucas vezes ela expressara sua indignação com tanta convicção, contra esse hábito e estilo de vida consumista irresponsável, agressivo e inútil, contra a natureza, que muito a incomodava. Ela criticava o que considerava ser uma contradição a comemoração do nascimento de Cristo. Saborear os prazeres da carne, tinha, ali, mais de um entendimento. A gula e outros pecados capitais corriam nas veias. Nessa festividade, o comentário geral pairava sobre a delícia na boca e a satisfação aos olhos. O rubor na face deveria ser de vergonha, mas provinha do calor do efeito do álcool, da proteína e da farta gordura da carne animal.

Naquela noite, diferentemente, no Restaurante Vegetariano, as pessoas sentiam no ar uma suave fragrância de rosas do sagrado feminino e a purificação do almíscar selvagem. A brisa sobre a mesa também espalhava sutilmente o místico aroma da canela e do cravo-da-índia. Dela minavam os aromas de cominho, de anis, do cardamomo, do gengibre, da cúrcuma e da erva-doce que foram incorporados aos alimentos, fazendo despertar do repouso na memória, sentimentos e lembranças vivenciados por cada um dos presentes e de como poderia ter sido há mais de dois mil anos.

Os novos "Chefs" do Restaurante Vegetariano prepararam uma ceia inspirados no ambiente em que houve o advento do nascimento de Jesus Cristo e os hábitos alimentares dos povos do oriente médio naquela época, com exceção do uso de carne animal, de ave e de peixe. Presentearam os convidados com pratos criativos e requinte de simplicidade. Serviram tabule com trigo sarraceno; diferentes saladas com folhas verdes, pepino, cenoura, palmito, salsão e erva-doce misturado com nozes, amêndoas, sementes de girassol, castanhas de caju e castanha da Amazônia; uva-passa, tâmara, damasco, ameixa e figo seco e fresco picados; creme de abacate com alho, limão e azeite; pasta de gergelim em molho e com grão-de-bico, alho, limão e azeite (homus); creme de berinjela com e sem pasta de gergelim, alho, limão e azeite; molho com mel, limão, sal e azeite; molho com mel, vinagre de maçã, mostarda, sal e azeite; arroz integral com os mesmos ingredientes das saladas; lentilhas com folhas de louro; falafel; bolinhos de acarajé; torta integral de palmito e ervilhas; três diferentes tipos de farofa; chapati; bolo de maçã e bolo de mel; doce de buriti, creme congelado de cambuci e frutas de sobremesa. Suco de limão com gengibre e suco de uva. Não foi servida bebida alcoólica.

Pelos cálculos dos "Chefs", havia comida para vinte pessoas, mas poderia atender até trinta. Eles tinham certeza de que viriam até dez não convidados, mas que seriam bem-vindos, como alguns dos "Guardiões da Passarada do Alba" e outras pessoas solitárias da Praça.

E assim foi servida a "Santa Ceia Vegetariana" naquela noite. Os comentários eram positivos entre os convidados. Todos adoraram o alimento que foi servido. Primeira vez na vida que cada um dos presentes experimentou uma ceia de Natal vegetariana. Para alguns dos moradores do bairro ali presentes, era a primeira vez também que celebravam um Natal juntos. No rosto de cada um, ficou estampado um sorriso que expressava gratidão e igualmente a alegria de estar ali, acolhidos em família. Dona Fátima e Sr. Diniz estavam felizes da vida. Dona Dêja divertiu o tempo todo com suas brincadeiras. Dona Maria Joana tentava controlar os ânimos de dona Dêja, mas não conteve sua própria alegria, que havia muito não sentia. Sinhô Bene foi chamado para um discurso. Ele aceitou. Ajudaram-no a subir numa cadeira. Silêncio absoluto. Ele então lançou um lento olhar sobre todos os presentes. Demorou um pouco mais com seu pigarro na garganta. Mais de um minuto de silêncio e então ele disse em voz alta: — Feliz Natal! Só tenho a agradecer. — E todos se lançaram aos abraços repetindo — Feliz Natal! Feliz Natal!

Mais tarde, Sinhô Bene comentou com Carlos e as meninas que lamentava as ausências de Sr. Curi e de Ribamar, mas que os sentia em espírito e onde quer que estivessem, lhes desejava Feliz Natal. Todos ali se abraçaram sem conter o choro, de emocionados que estavam, afinal de contas, esta é uma data que muitos ateus também se emocionam.

Terminava uma magnífica confraternização. A maioria já havia ido embora. Os "Chefs" responsáveis por seus pratos erraram todos na medida. Sobrou alimento para mais dez convidados, além dos trinta que por lá passaram. Ficaram felizes por isso. O almoço de Natal para o dia seguinte já estava garantido. Eles combinaram de que não haveria troca de presentes e que cada um deixaria um poema ou algo escrito para alguém ao pé da pequena e bela árvore de resíduos sólidos do Restaurante, confeccionada por Marinei, Carmem e Lucia.

De:

Para: O Restaurante Vegetariano.

"Porque vocês acreditaram antes de questionar foi que tudo aconteceu, como andar sobre fogo ou água, atravessar o mar ou subir ao topo da montanha para chegar a algum lugar. Parabéns e Feliz Natal".

Esse foi o único e misterioso cartão que sobrou no pé da árvore para surpresa da Marinei quando o apanhou, virou o cartão e leu apenas o destinatário, sem remetente. Em seguida abriu o cartão e leu a mensagem em voz alta.

— Não importa quem escreveu, mas sim o que nos deixou escrito — disse Lucia.

— É verdade. Se eu questiono, eu gero uma dúvida. Logo, eu não acredito e aí me queimo, afundo, me afogo ou escorrego... — disse Carmem filosoficamente.

— *"Food for thought"*! Eu aprendi essa frase em inglês que a Carmem me ensinou. "Alimento para o pensamento". Vegetariano, é claro! — brincou Marinei.

— Coincidência ou não, Pai João do Congo me disse algo parecido outro dia na Praça — disse Carlos, que foi imediatamente repreendido por Marinei: — Carlos, tudo o que você conversar numa consulta com um Pai de Santo fica entre você e Ele.

— É verdade, Marinei. É que achei muita coincidência as ideias nas mensagens — justificou Carlos.

— Quem vem me ajudar com a louça? Ter a pia cheia é a melhor das terapias — brincou Lucia.

— Mas é também meditação, se lavar a louça sozinha, e acompanhada é filosofar! — completou Marinei que se aproximou para lhe ajudar.

Dia trinta de dezembro. No celular de Carlos, mais uma mensagem do Sr. Curi.

"Feliz Ano Novo para vocês! Lamento, mas não estarei presente novamente. Confio que seguirão sendo cada um o "Eu" do Restaurante. Até breve".

Carlos logo compartilhou a mensagem no grupo "Restaurante Vegetariano". As meninas leram e imediatamente combinaram de se encontrar no Restaurante. Na noite de ano novo, o Restaurante estaria fechado e abriria para o dia 2 de janeiro de 2020, mas a mensagem talvez mudaria esse plano. Carlos chegou primeiro no Restaurante. Abriu a caixa de correio e coletou, entre propagandas e a conta de água, um cartão postal de Ribamar. Ele o jogou em cima de uma mesa e foi por água para um chá enquanto aguardava as meninas.

Na Praça, ocorriam os últimos espetáculos do ano. A equipe de filmagem do Doc. estava lá. Durante todo o dia algum tipo de "show" acontecia. O sanfoneiro e o grupo do Baião, a trupe teatral e circense amadores do bairro, todos fizeram suas apresentações. Houve rock, reggae, samba, pop, rap. Houve acrobacia e malabaristas. O jovem aspirante a mágico e sua bela assistente também se apresentaram com o convencional quadro de mágica com as cartas, os lenços e o coelho branco que saiu da cartola, muito agradando a audiência, principalmente as crianças sentadas no chão da praça, como se estivessem hipnotizadas. Um descuido da assistente, entretanto, permitiu que o coelho branco fugisse, correndo entre as plantas e se escondendo entre as moitas na praça, sem que ninguém o encontrasse. Bem que a criançada tentou correr atrás dele, mas não o encontraram. Haveria ali alguma toca ou a praça era em si essa grande toca?

Carlos colocou o chá numa garrafa térmica, pegou quatro canecas e se dirigiu à Praça para esperar as meninas. Ele não queria perder o espetáculo. Lamentava que Sr. Curi não estava lá. Naquele momento, o grupo de capoeira do bairro se apresentava ao som do berimbau, do atabaque, do pandeiro, do agogô e do reco-reco que orquestravam o canto dos capoeiristas.

O sol começava a colorir o céu, como que em harmonia com a música e a dança, se posicionando como um holofote sobre a Praça, iluminando o espetáculo para as câmeras dos celulares que fotografavam e filmavam tudo. Carlos acenou para Marinei, que chegava apressada, e foi ao seu encontro. Logo em seguida chegaram Carmem e Lucia, atraídas pelo som da capoeira, as duas brincando no ritmo, um gingado malicioso, um "Aú" fechado, largando o corpo para um "Rabo de Arraia", saindo para uma "Meia Lua", um golpe mortal. Elas tiveram aulas de capoeira, podia-se notar. Cumprimentaram Marinei e Carlos e sentaram-se no chão da Praça ao lado do banco onde Carlos e Marinei.

— Sabem a história do Berimbau? — perguntou Carmem ofegante, que continuou a falar, em seguida ao movimento de resposta negativa feito com a cabeça por Marinei e Carlos. — A África é um berço de sabedoria — disse. — O africano escravizado no Brasil criou essa forma de defesa e ataque disfarçado em dança. O Berimbau poderia ser uma arma, o arco que dispara flechas, uma das mais antigas armas feitas pelo homem. Sua versatilidade o transformava em instrumento musical, outra maravilha da criatividade humana com recursos naturais, quando um pequeno diâmetro de uma cabaça é cortado e esta é presa ao arco de madeira esticada por um fio de arame e serve como caixa de ressonância. Quem toca o Berimbau – em Angola, Hungo ou Urucungo – empunha o arco com uma das mãos e segura nos dedos uma moeda, arruela ou pedra que encosta no arame do arco quando este é tocado por uma vareta – ou baqueta – na outra mão que também segura um chocalho – o caxixi, pequeno cesto de palha trançado com conchas do mar em seu interior. O som da vibração do arame do arco que ecoa na cabaça é trabalhado pelo tocador, que aproxima e afasta de sua barriga a boca da cabaça obtendo o "uau", uma sonoridade única, acompanhada pelo ritmo do chocalho.

— Tenho aprendido muito! Essa é a primeira vez que assisto a uma apresentação de Capoeira, vocês acreditam? Sempre achei que o berimbau fosse peça de decoração para pendurar na parede — disse Carlos.

— Pois é. E essa é a mais recente história do berimbau, vende muito bem para turistas e a todos aqueles que assistem e ouvem o berimbau marcando o compasso no jogo de capoeira.

— Acho que devemos usar uma parede do restaurante para pendurar os três tamanhos de berimbau. E aproveitar para tomar aulas com esse pessoal do bairro — sugeriu Marinei.

— Boa ideia! — exclamou Lucia. – Mas agora o que me preocupa é essa nova mensagem do Sr. Curi.

— Acho que devemos ligar para ele. O que acham? — sugeriu Carmem.

— Vamos tentar, mas ele disse que estaria incomunicável — lembrou Carlos, que discou o número assim mesmo, colocando o telefone no modo "viva voz".

Chamou sete vezes e entrou a resposta automática: *"Este número de telefone está desligado ou fora da área de serviço. Favor verificar o número discado e tentar novamente"*. Olharam entre si, sem nenhuma surpresa com a resposta.

— Bem, quais são os lugares que os satélites de hoje não alcançam? No campo, em alto mar, na floresta, onde mais? — indagou Carmem.

— Não há como saber. Só podemos esperar. Mas é estranho mesmo, não acham? disse Marinei um tanto preocupada.

— Bem, pelo menos nosso professor Abdullah Ribamar nós sabemos onde está. Peguei esse cartão postal na caixa de correio agora à tarde — mostrou o e pôs-se a ler em voz alta:

— Aqui diz, em francês, impresso no cartão: *"Marché Tilene – Medina – Dakar – Senegal"*.

"As Salam Alaikum"

Escrevo para lhes desejar Feliz Ano Novo e sucesso com o Restaurante Vegetariano. Viajo para região de floresta até o meio do ano, ficando incomunicável por esse tempo. Somos voluntários, eu e Ndeye, no projeto de agricultura nos vilarejos de lá. Quando voltar a Dakar eu escreverei novamente.

Que Allah os proteja!

"Abdullah Ribamar".

— Parece que há uma tendência em ficar "incomunicável" — ironizou Lucia. — E o que significa *"As Salam Alaikum"*, mesmo? — perguntou, olhando para Carmem que já tinha a resposta na tela do celular.

— Em árabe, "Que a paz esteja com você" — leu em voz alta.

— Definitivamente entendo o que é ser o "Eu" do negócio — mudou de assunto Carlos. — Portanto, vamos continuar trabalhando, como fizemos até agora, e realizar nossos projetos para o ano que vem. Mas ao mesmo tempo eu me pergunto, qual é a do Sr. Curi? — disse Carlos um tanto enfurecido.

— Esta pergunta encerra a reunião, me parece. Eu não sei o que dizer. Vamos descansar três dias, e abriremos na quinta--feira, dia 2 de janeiro de 2020 certo? —indagou Marinei e todos concordaram, assinalando com a cabeça. Carmem se levantou, puxando Lucia pelo braço e ambas abraçaram Marinei e Carlos calorosamente, desejando Feliz Ano Novo entre si.

E foi feliz. Na Praça, no dia seguinte, 31 de dezembro de 2019 à noite, aconteceram outros eventos improvisados. Músicos do bairro compareceram com seus instrumentos e suas cadeiras. Tocavam diferentes ritmos e acompanhavam aqueles que se apresentavam para cantar. Nada havia sido arranjado. Não houve ensaio. Eram apresentações acústicas. Surgiram vozes femininas e masculinas bem afinadas em diferentes ritmos e contentes com a audiência presente. A meia noite, na Praça, iluminada com muitas velas acesas pelos moradores espalhadas entre as plantas, o Ano Novo foi recebido com uma salva de palmas, beijos, abraços e gritos de Feliz Ano Novo! Muitos vestiam branco, mas não foi cor predominante. Parecia que cada um vestiu a roupa e a cor que mais lhe agradava e proporcionava bem-estar. Era possível ouvir fogos de artifício longe dali. Mas na praça não. Todos se sentiam seguros, principalmente as crianças, os pássaros, gatos, cachorros e o coelhinho. Tudo filmado para o Doc.

O mês de janeiro é o mês que traz a força de Janus, o deus dos inícios e transições na mitologia romana. Aqui, sempre abaixo da linha do Equador, mais precisamente sob a linha de Capricórnio, janeiro é o mês que traz esperanças, chuvas de verão, as enchentes, os deslizamentos, as catástrofes e outras fatalidades. Traz também o sol entre nuvens brancas enormes; traz seus anjos alados para aquele que vê. Tudo serve de cenário a ser colorido pela luz do astro, ou aguardar que se revele o arco-íris escondido no céu azul de sol e chuva.

Janeiro é o mês das férias escolares. Normalmente os pais também tiram férias para passar com os filhos, quando ainda são dependentes. É um mês de menos trabalho, mais descanso, divertimento e planejamentos. Janeiro é, definitivamente, um mês distinto, alegre e descontraído. Na cidade, a quantidade de carros diminui, melhorando o ar, diminuindo o barulho. Os pássaros parecem estar mais presentes e à vontade. Tudo parece estar mais calmo. Há tempo suficiente pela frente. Serão mais onze meses, ou trezentos e trinta e quatro dias para gastar. A pressa é desnecessária. É necessário apenas "sombra e água fresca". Entretanto, ao mesmo tempo, a outra parte do planeta vive a estação do inverno, completamente diferente, com temperaturas abaixo de zero, neve e muito frio. As condições climáticas impõem hábitos e estilo de vida diferentes às pessoas. O frio traz o ser para dentro de si mesmo. Há um movimento de contração. Ele trabalha, estuda, lê, escreve, pesquisa, inventa, exercita seu corpo e intelecto, tudo no mundo interior. O calor leva o ser para fora de si mesmo. Um movimento de expansão. Toda a ação logo cansa. Ao contrário do clima frio, o ser tem vontade de fazer nada. Não importa onde, os seres vivos têm de se curvar à natureza.

Para Carlos e as meninas, seu novo estilo de vida, imposto pelas circunstâncias, ditava condições que eles aceitavam e estavam dando contas. Estavam vivendo um clima totalmente diferente. Nos últimos quatro meses, eles se tornaram funcionários, alunos, chefs, administradores e praticamente proprietários do Restaurante Vegetariano. Esse potencial estava adormecido em cada um deles? Não parecia ser apenas mais uma experiência de vida ou uma simples vivência. Não se tratava de empolgação por algo novo, mas sim: "Vocatio"! Eles atenderam a um chamado. A julgar pelos planos que tinham, retomar os estudos e ingressar na faculdade de gastronomia, tudo fazia parte do chamado. Se um teste vocacional fosse feito em cada um deles, não haveria um resultado diferente. Podia-se notar que a vida deles era o que estavam fazendo, como se estivessem servindo a uma vontade superior, representada no alimento servido a cada cliente.

O RESTAURANTE VEGETARIANO E A PRAÇA ENCANTADA

No Restaurante, o revezamento das atividades seguia conforme as escalas por eles definidas. As tarefas eram executadas com consciência, rigor e vontade. Realizavam o trabalho com alegria, fosse ele limpar o banheiro, lavar os pratos, servir os clientes, cuidar da horta, fazer as compras ou cozinhar, sendo esta a atividade preferida, a que mais os atraía. Cozinhar era a alquimia, a transformação da matéria, do estado dos elementos. Cozinhar estava diretamente ligado aos sentidos, ao paladar e ao olfato, atuando como meio prazeroso de se alimentar.

E assim, as quatro semanas do mês de janeiro de 2020 passaram praticamente despercebidas, não fosse pela surpresa do último dia do mês, uma sexta-feira, depois do almoço, quando Fiscais da prefeitura vieram ao Restaurante. Eles foram recebidos por Carlos e Carmem. Os fiscais pediram a documentação do Restaurante, mais precisamente o Alvará de Funcionamento. Carlos se apressou até o caixa e pegou a pasta deixada pelo Sr. Curi. Abriu a pasta e nela havia apenas papéis em branco. Carlos ficou gelado. Olhou para os fiscais, olhou para a pasta e permaneceu paralisado, com uma enorme interrogação em sua cabeça. Carmem notou que algo estava errado e se aproximou de Carlos.

— Está tudo bem? — perguntou num tom de voz mais baixo.

— Acho que teremos problemas. Não sei onde estão os documentos do Restaurante. Achei que estivessem nessa pasta, mas só tem papéis em branco — respondeu Carlos num tom de voz ainda mais baixo e preocupado.

— Vamos ligar para o contador do Restaurante, você tem o telefone deles, não tem? — perguntou Carmem, certa de uma resposta positiva.

— Achei que estivesse aqui nessa pasta também, mas não há nada. O que vamos fazer agora?

— Calma. Vamos nos sentar e conversar com eles para saber o que procuram.

Voltaram a sentar com os fiscais e Carmem perguntou:

— Sim, o que exatamente vocês precisam?

— Começamos pelo Alvará de Funcionamento do restaurante. Vocês têm um contador? — perguntaram os fiscais.

100

— Sim — respondeu Carmem, segura e firme.

— Bem, então conversem com ele para saber o que aconteceu e nos procurem na prefeitura. Ele sabe o que fazer. Vocês têm trinta dias para apresentar os documentos. Aí está nosso contato na prefeitura. Agora vocês têm de finalizar suas tarefas e em seguida vamos lacrar o local.

— Mas... — Carmem conteve a tentativa de subornar os fiscais, a prática mais comum em todo o mundo. – Ok. Vamos fazer como eles disseram e correr para o escritório de contabilidade para resolver esse problema — concluiu Carmem em bom tom para os fiscais ouvirem.

Deram início a uma correria para deixar tudo como de costume, após um dia de serviço. Guardaram o alimento de geladeira e o que deveria ser congelado até a eventual volta ao trabalho. Nenhuma palavra entre eles. Os pensamentos ininterruptos na cabeça de cada um tomava conta de suas mentes num movimento binário, ou isso ou aquilo, e maniqueísta, ou bem ou o mal. Passaram momentos de crueldade com pensamentos de tortura. Precisavam encontrar tempo para respirar e meditar. Concluíram naquela hora o que normalmente fariam em quatro horas. Cada qual com seu avental em mãos, saíram com os fiscais e, segurando o choro o quanto podiam, desabaram quando os fiscais se despediram e olharam o lacre no portão. Cabisbaixos, atravessaram a rua caminhando até a Praça, puxados por Carmem. A Praça era testemunha de muitas conversas e ali começava mais uma. No banco da Praça se reuniram.

— Bem, vamos começar a resolver isso. Estou ligando para meu antigo contador da escola de idiomas. Depois vou ligar para meu amigo advogado — disse Carmem com seu celular no ouvido.

Carlos, Marinei e Lucia tinham apenas ouvido falar o nome "contador", mas não tinham ideia do que era um e nem a que servia.

— Bom, pelo menos vamos aprender algo novo, complexo e com poder de encerrar nossas atividades e acabar com nossas vidas — ironizou Lucia.

— Eu estou sentindo um vazio em minha cabeça. Como posso ser tão ignorante e ingênuo? Ao mesmo tempo, estou me sentindo traído pelo Sr. Curi. Qual é a dele? Chega ao bairro, invade uma residência, faz uma reforma e abre um restaurante. Como pude ser tão criança, acomodado no conforto enquanto alguém tomava conta de tudo para mim? Coisas acontecem sem aviso prévio, meu pai sempre me disse. Agora percebo como foi horrível não ter tomado a vida em minhas próprias mãos. E se não conseguirmos reabrir o Restaurante? Não podemos jogar comida fora. Eu vou pular o muro — Carlos parecia não falar coisa com coisa.

— Alô! Zé Antônio? Oi, aqui é a Carmem da escola de idioma, tudo bem? Você pode me receber aí no escritório agora? Ótimo! Estou indo aí agora. Até já.

— Vamos pessoal? — concluiu Carmem.

— Já chamei o táxi — Disse Marinei.

Durante todo o percurso até o escritório do contador, as meninas apenas ouviam as lamentações, os murmúrios e as reclamações de Carlos, indignado com o que estava acontecendo, como se elas também não sentissem o mesmo ou pior.

O mundo parecia estar se desfazendo. Carlos não conseguia aceitar os fatos como realidade. O mesmo que ter de aceitar a morte. Imaginar que o Restaurante estaria lacrado e que ele não poderia entrar para exercer a atividade que lhe aproximava de sua alma, era algo inacreditável e inaceitável.

A reunião com o contador Zé Antônio teve bom resultado, um efeito que agiu como um ácido acetilsalicílico para as dores de cabeça de Carlos e das meninas também. O Sr. Zé Antônio tinha muita experiência com abertura de empresas, inclusive restaurantes, bares e lanchonetes, e mantinha um bom relacionamento com os fiscais da prefeitura. Ele entendeu o caso e começaria do zero, dando entrada no Alvará de Funcionamento e a retirada do lacre no dia seguinte, para que eles pudessem continuar a trabalhar. Aliviados, saíram da reunião com muitas tarefas para o dia seguinte. A mais difícil seria encontrar o Contrato de Locação da casa, importante documento para o Alvará de funcionamento do restaurante. Carlos se lembrou de ter ouvido o Sr. Curi conversar com alguém no celular no dia em que se conheceram na Praça, mas apenas isso.

No dia seguinte, às oito horas e quarenta e cinco minutos, os fiscais liberaram o Restaurante e o carteiro deixou algumas correspondências na caixa de correio. Sentados no banco da Praça, Carlos e as meninas aguardavam por aquele momento desde as sete horas. Conversaram muito sobre o que havia acontecido sem que entendessem os motivos que levariam o Sr. Curi a omitir informação sobre a documentação do Restaurante. Por quê? E por onde andava o Sr. Curi, perguntavam.

Os quatro se puseram a trabalhar em silêncio. Estavam atrasados para o almoço, mas já haviam adquirido experiência suficiente para superar os imprevistos do dia a dia do Restaurante. Um só pensamento piscava na mente de cada um deles: Sr. Curi, Sr. Curi, Sr. Curi.

O Restaurante foi aberto pontualmente às onze horas e já havia clientes aguardando. O sorriso receptivo no rosto dos proprietários, relaxava a tensão e rompia o silêncio. Carlos e as meninas incorporaram cada qual o seu papel nas respectivas atividades. A alma deles parecia estar encarnada no corpo do Restaurante. Agora havia o "Eu" de cada um no negócio. Porém, nenhum cliente imaginava o que estava acontecendo.

Na mesa cinco, ao lado do caixa, o assunto entoava temas que, por seu conteúdo, atraíam a atenção de Carmem em seu turno no caixa. Os clientes almoçavam enquanto criticavam o presidente da república e suas intenções de ditador, militarizando o governo. Eles criticavam sua busca pelo amparo militar, dos evangélicos e da política americana de supremacia branca. Faziam críticas por ele causar o desmantelamento das políticas de esquerda, saciando a vingança da direita em detrimento do povo e da nação. Naquele momento, a mesa cinco repugnava a prática de todos os políticos no poder; de negociar cargos com o congresso para seus interesses, e desse governo em particular, por privar seus filhos de investigação por corrupção – os três filhos estavam políticos eleitos, família no mesmo ramo rentável de negócio, havia anos. Recriminavam a ideia de facilitar a aquisição de armas pelos cidadãos; por promover a anarquia na legislação ambiental; por incentivar o desmatamento na Amazônia brasileira; pelo garimpo irregular; pela invasão de terras indígenas e a extinção desses povos originários. De fato, o presidente "esfaqueado", semeava o ódio e a raiva, com gestos,

O RESTAURANTE VEGETARIANO E A PRAÇA ENCANTADA

xingações e ofensas. Utilizando-se das redes sociais, fazia propagação da ignorância com sua fala raivosa e em seus discursos amargurados, sempre acompanhados de comportamento agressivo, insolente e da presença de um senhor afrodescendente como marketing político. Ele foi eleito com o símbolo da ira adversa, quando levou uma facada de um cidadão considerado doente mental. Por que teria alguém esfaqueado um candidato a presidente do país? Os ocupantes da mesa cinco concluíam que estávamos voltando ao título de "nação subdesenvolvida" e demonstravam indignação e preocupação com o futuro do país.

Carmem notou que entre eles havia dois clientes que justificavam a ascensão do presidente devido à revelação dos esquemas de corrupção da esquerda, nos doze anos de poder. Um verdadeiro golpe na esquerda dado por ela mesma e suas coligações. O remédio para se eleger se tornou seu veneno.

O programa do governo intitulado "Dinheiro para a Família" continuava a garantir voto para reeleger políticos de custo alto num país com gente abaixo da linha da miséria. Sem dúvida era melhor do que nada, o "Dinheiro para a Família", mas não formou cidadãos esclarecidos, apenas devedores, com sentimento de agradecimento e atos de retribuição, como o voto, muitas vezes.

Apenas um dos ocupantes da mesa cinco sustentava a opinião de que não havia um mundo perfeito nem ideal; corruptos, nenhum sistema político servia a todos; e que infelizmente, o homem, o ser humano, dotado de inteligência, intelecto e seus sete sentidos, direcionava sua livre vontade ao esgoto dos sentimentos e com isso causava a discórdia, até a guerra, para atender seus desejos mundanos e muitas vezes irracionais, transitórios e impermanentes. Um cliente chegou a desabafar dizendo que o ser humano é um câncer para o meio ambiente e a corrupção o maior câncer em uma sociedade. Sem direito a quimio ou radioterapia.

Carmem se sentia em casa ouvindo essas conversas, como se estivesse com seu pai, discutindo políticas sociais e diplomacia, discussão falada em três diferentes idiomas. Vez ou outra, ela sentia falta disso, de sua infância calorosa, intelectual e cheia de amor, apesar da rigidez de sua mãe. E seria difícil para ela encontrar algo assim no Brasil, onde a maioria das pessoas não fala um segundo

HORACIO ALMEIDA PIRES

idioma, ignora geopolítica nacional e internacional e precisam abandonar os estudos para trabalhar e pagar pela sobrevivência, deixando as melhores universidades públicas para os ricos.

O último cliente deixou o Restaurante pouco depois das duas e meia da tarde. Horas depois, a casa já estava quase pronta e arrumada para o dia seguinte. Marinei e Lucia aguardavam Carlos e Carmem, que estavam fechando o caixa. A média de almoços servidos aumentava para setenta e seis por dia. Carlos se adiantou para a reunião trazendo as correspondências. Carmem checava as mensagens no celular e respondia ao Contador.

— Aí está o carnê do IPTU – Imposto Predial e Territorial Urbano de 2020. Chegou ontem. O resto da correspondência é propaganda comercial — disse Carlos.

— O contador está aguardando o IPTU — disse Carmem, puxando o carnê para si. Pegou seu celular, fotografou a folha principal, ou espelho, e enviou para o contador. Tudo muito rápido.

— Segundo a lista das exigências aqui — Marinei começou a ler em voz alta — temos de providenciar o Auto de Vistoria do Corpo de Bombeiros; o Cadastro Municipal de Vigilância em Saúde, o CNPJ – o Cadastro Nacional da Pessoa Jurídica; Cópia autenticada do RG, CPF e da folha espelho do IRPF – Imposto de Renda da Pessoa Física e a Cópia do Contrato de Locação da casa em nome do responsável. Apenas!

— O contador já está providenciando tudo isso. Só precisamos definir o nome do responsável — disse Carmem, direcionando seu olhar para Carlos, juntamente com Lucia e Marinei. Aí definiram que Carlos e Marinei seriam os responsáveis e sócios, finalmente.

Nesse momento, toca a companhia. Mas pelo som do caminhar e da voz anunciando boa tarde, já sabiam que o Sinhô Bene estava entrando. Marinei e Lucia se adiantaram em recebê-lo e acomodá-lo na cadeira da mesa cinco, onde estavam reunidos. Sinhô Bene se sentou e depositou sobre a mesa uma pasta e algumas correspondências.

— O carteiro me deu isso para entregar a vocês — disse o Sinhô Bene empurrando a correspondência para o meio da mesa. – Está tudo bem aqui com vocês?

Carlos, Marinei, Lucia e Carmem começaram a responder ao mesmo tempo, como crianças ansiosas. Mas logo relaxaram suas falas incompreensíveis com sorrisos, acompanhando o sorriso de Sinhô Bene e sua expressão de paz.

— Bem – investiu o Sinhô Bene. – Eu estou aqui para ter uma conversa com vocês. Deixei para agora, pois eu seria lembrado disso com a chegada do IPTU lá em casa. Já chegou aqui para vocês?

— Sim, chegou ontem — responderam em coro.

— Sim, eu vou precisar do IPTU para levar ao escritório de advocacia que representa os proprietários desse imóvel, a Dra. Stella e seu meio-irmão, Dr. Iehudad. Ela mora em Utrecht, na Holanda e ele mora em Miami, nos Estados Unidos. Há anos eles estão tratando do inventário da herança que receberam de seus pais. Trago aqui também a carta enviada ao escritório de advocacia com o contrato de imóvel assinado pelos proprietários, que está em seu nome, Carlos. Eu soube que fiscais da prefeitura passaram por aqui. Achei que fosse dar tempo de resolver essa questão antes disso. Eu e o Sr. Curi tivemos várias conversas durante o mês em que estivemos juntos multiplicando as hortas nas mais de vinte casas aqui do bairro. Hoje são quarenta. Conversamos ainda mais durante a iniciativa empreendedora da fabricação de temperos. Em dois meses criamos a cooperativa das hortas familiares, a microempresa e a sociedade produtora dos temperos. Somos mais de quarenta proprietários, vindos do nada. Temos hoje mais de trinta caixas de abelhas espalhadas pelo bairro produzindo mel em locais seguros. Aqui no Restaurante, ele considerou um local inseguro. Já invadimos três terrenos abandonados na vila. Limpamos o terreno, abrimos a calçada que estava intransitável e aramos para o plantio. Acabamos com os ratos, baratas etc. A população aprovou e até agora ninguém veio reclamar dos terrenos, já produzindo ervas medicinais, hortaliças e legumes. Mudamos os companheiros. Deixamos aqueles rancorosos e amargurados que só reclamavam das autoridades e nunca pegaram ferramentas para agir como nós o fizemos. Seguimos mais esse conselho do Sr. Curi. Ele tinha tudo muito bem planejado para suas ações. Quanto à invasão da casa, tudo ficou mais fácil ainda, depois que eu lhe disse que conhecia os advogados responsáveis pelo imóvel, que me foram apresentados pelo proprietário, Sr. Lucas Wisserman, filho de refugiados judeus da primeira guerra, quando ele ainda era vivo.

O sorriso no rosto de cada um mostrava uma expressão de relaxamento das tensões vividas até há pouco tempo. Entreolhavam-se aliviados. O raciocínio deles interagia com a racionalidade. Tudo voltava ao normal, ao aparentemente normal.

— Agora, vocês querem saber o motivo de tudo isso, eu sei. Eu também fiquei muito curioso. Um projeto interessante. Pouco investimento e estabelecimento de uma rede pró-pessoas, famílias e formandos empreendedores. O Sr. Curi trouxe a disposição e boa vontade que tivemos aqui, no começo. Acreditar e fazer correm juntos. Hoje, Sr. Curi está no interior de Mato Grosso, numa cidade que poderia se acabar no meio de uma área abandonada, por não mais servir para a monocultura da soja e nem para a pecuária. Infelizmente, um processo de desertificação estava acontecendo. A indústria do "agrobusiness", como ele chamava, simplesmente abandonou a cidadezinha e seus mil habitantes. Sr. Curi e outros se uniram com a pequena população restante, invadiram áreas vizinhas da cidade e começaram implantar princípios da agricultura biodinâmica, a permacultura e da agrofloresta para ressuscitar o solo, fazer o plantio de hortas orgânicas e iniciar um processo de reflorestamento.

— Mas isso é absolutamente fantástico! — vibrou Carmem.

— Muito mesmo — realçou Marinei.

— Ele me disse que, graças a nós, o trabalho dele aqui estava encerrado: Invadiu a casa, fez a reforma, reuniu pessoas do bairro em torno da ideia da horta familiar, investiu no restaurante, colheu bons resultados em tempo curto e, melhor de tudo, formou vocês quatro. Ele, Ribamar e outras pessoas pelo mundo com interesses humanitários e sociais têm executado esse tipo de projeto. O resultado é a transformação que vemos nas pessoas e em nosso bairro. A mudança na praça veio junto com o Restaurante. Algo mágico parou o relógio da criminalidade aqui no Bairro nos últimos meses, vocês repararam?

— É mesmo. Eu levei minha mãe ao mercado na semana passada e ouvimos o padre comentando isso com algumas pessoas que o rodeavam. Nenhuma bala perdida. Nenhum assassinato. Nenhum suicídio. Até os traficantes mudaram de endereço — concluiu sorrindo Marinei, que demonstrava um sentimento de ser parte dessa mudança e mais uma a contribuir positivamente com essa estatística.

— Às vezes, eles correm o risco de o projeto não dar certo em cem por cento, mas deixa sementes – continuou Sinhô Bene – Aqui conosco floresceu, prosperou e deu esperanças a todos nós. Coincidentemente, minha relação com essa casa e seu dono ajudou a "legalizar" o projeto, segundo ele. Ele não esperava me conhecer, mas coisas acontecem, ele dizia. Deus dispõe. Dizia também que esse projeto estava encantado e protegido por forças, que eu mais ou menos entendo, aos meus oitenta e cinco anos com meus Orixás.

— Mas por que ele não disse isso antes? — choramingou Carlos.

— Não deu tempo, Carlos. Até então, ele não queria que vocês mudassem a concepção do projeto-escola-empreendedorismo só por causa da iniciativa de invasão do imóvel. Há um Projeto maior — disse Sinhô Bene.

— Surpreendentemente maravilhoso! — disse Carmem com os olhos arregalados.

Novamente soa a campainha e temporariamente a reunião é interrompida. Carlos foi atender e voltou com o motorista e o ajudante de uma empresa de aluguel de equipamentos para restaurantes, que vieram reaver o fogão, a geladeira, o freezer, as coifas e as prateleiras do restaurante, por falta de pagamento do aluguel. Tudo havia sido alugado pelo Sr. Curi.

— Acho que sou o culpado por isso. Joguei fora todas as correspondências que julguei ser propaganda comercial. Perdoem-me — disse Carlos bastante constrangido.

Sinhô Bene pôs-se a rir. Sua gargalhada salutar contagiante arrastou até mesmo Carlos a rir dessa mínima desgraça, juntamente com as meninas.

— Nós vamos pagar os meses atrasados, tudo bem? — disse Carmem defronte ao caixa.

— Nesse caso, os senhores, por favor, liguem lá para o escritório da empresa. Aqui está o número — disse o motorista.

— Sentem-se, por favor. Preferem café, suco ou água? — perguntou Lucia que já vinha trazendo uma bandeja com copos e xícaras para o motorista e seu ajudante.

A reunião foi encerrada com as boas vibrações do Sinhô Bene. Ficava a expressão do sorriso infantil no rosto de cada um deles e o relaxamento corporal. A mente também repousava na alegria. Todas as células sorriam naquele momento. Sinhô Bene trouxe muito axé e deu um passe geral com um galho de arruda que trazia atrás da orelha. Abençoou o Restaurante e a todos, sem que ninguém notasse. O dia não podia se encerrar da melhor maneira, mas as perguntas que gostariam de ter respostas, silenciavam. Antes de fechar o Restaurante, Carlos notou, pregado na lousa do Restaurante, em meio a cartões de visita, oferta de serviços e pequenos desenhos, outra folha, ou panfleto do Projeto Palavras Copiadas. Ele começou a ler em voz alta:

"Projeto Palavras Copiadas"

"O som da tabla despertou meu coração. O som das cordas da cítara me puxou pelo umbigo e fui expandindo pelo mundo, tecendo com o som da flauta no céu, um rastro de nuvens no infinito azul"

"Percussão e poema, esse é o tema. Tabla e cuica. O farol vermelho. Os olhos também. A tristeza. A cítara. Lixo é nicho. Picho parede, sacada, fachada e é só isso. Parecem iguais, oriente e ocidente. A vida sem sentido. Não sou disso. Zabumba, taiko e bongo. Faróis vermelhos vejo em três espelhos. Vejo gente se arrastando de joelhos. Sacos pendurados em fedelhos. Chega! Me dá, me dê. Me ajude, pelo amor de Deus. Não me leve, não me mate. Tá, tá, tá, tá, tá! Tamborim, surdo e pandeiro. Bendito é o dinheiro que rima com tudo e com todos. Bendita é a salsa cubana. A percussão da vida bate no coração e estremece o corpo inteiro. É o último tambor a ser tocado no interior de um corpo vivo."

"O Fio da Meada. É preciso o solo, argila, pedra, um em cima do outro e um fio esticado, de ponta a ponta na parede, para não a deixar torta. É necessário apenas seguir o Fio da Meada. Siga o nível, siga reto. Saiba que se encontrar uma parede torta, ela foi feita assim: torta. E tortos somos na vida. Fio da Meada é se equilibrar no presente com a vara do passado e futuro nas mãos. É construir uma vida imitando as existentes. Fio da Meada é o que se perde, por exemplo, quando muito se conversa. Termina sem saber o que falou no começo. É também o que se perde em pensamentos, numa história e noutra estória criada. Imaginação. Livre é o fio entre o bem e o mal, o bom e mau. Quando perdemos o Fio da Meada, é a liberdade nos traindo. Areia movediça. A mente ausente. O silêncio do esquecimento. O Fio da Meada dá firmeza no pensar. Mostra o rumo. Dá o alinhamento para seguir adiante e para cima. Tente não perder o Fio da Meada."

Copiem suas palavras!

Carlos gostava do que lia. Ler em voz alta lhe permitia sentir estar presente. Ouvir sua própria voz lhe aproximava de si. Entender o contexto, vocabulário e ideias lidas lhe proporcionava, agora, segurança, diferentemente do passado.

As dívidas e os documentos para legalizar o Restaurante estavam resolvidos. A questão do dinheiro oriundo do Restaurante, também estava muito bem resolvida. Havia uma relação de moral, ética e honestidade entre eles. O Sr. Curi já havia recuperado seu

HORACIO ALMEIDA PIRES

investimento, o "payback". Carlos pagou o contador e os gastos da regularização dos documentos com o dinheiro que guardava para o Sr. Curi e ainda sobrou como fundo de caixa.

Os quatro proprietários ficaram embasbacados com as revelações feitas pelo Sinhô Bene. Durante os dias de trabalhos seguintes, Marinei, Carmem, Lucia e Carlos atuavam mecanicamente. Introspectivos. Na mente, o pensamento distante conversava com a testemunha interior, que observava o que estava acontecendo. Percebiam-se ora sorrindo, ora com a testa franzida, ora olhando no vazio ou movendo os lábios numa séria conversa consigo mesmo. Surge então "o eu do negócio" em seus semblantes. Olhavam-se e sorriam com brilho nos olhos. Estavam presentes no que faziam. Agora estava tudo certo. O manto da satisfação aquecia seus corações. Amavam o que estavam fazendo, e muito mais agora, que descobriram estar fazendo o que amavam. Havia senso de responsabilidade em comum. Estavam todos íntegros. O Restaurante era um mundo imaculado e acolhedor para eles. Compenetrados em seus afazeres, sentiam que ocupavam o espaço e não havia o tempo na vida. O pensamento que os trazia para a terra era que o carnaval estava próximo, o sol do verão também, e queimava, e castigava.

Na mesa cinco, porém, a conversa não era sobre o carnaval, nem sobre política ou futebol, mas sobre a epidemia na cidade de Wuhan, na China e que se espalhava pelo mundo, levada por todos os que entraram em contato com um vírus. O tema despertou o interesse de Lucia, que cumpria seu turno no caixa e esticou as orelhas para ouvir a conversa entre esses ocupantes da mesa cinco.

— Sim, trata-se do vírus letal da família das gripes, o Coronavírus. Recebeu o nome de Corona, que em Latim significa coroa, o formato do vírus visto no microscópio — disse de maneira simples a jovem que estava com o jaleco branco no encosto da cadeira. Parecia ser médica ou enfermeira.

— O que preocupa é que esse vírus tem um alto poder de contaminação entre humanos e é muito rápido. Uma pessoa contaminada vai contaminar pelo menos outras dez pessoas, até ser hospitalizada, através de tosse, do espirro e da fala com gotículas de saliva contaminada — completou o rapaz ao seu lado.

— Eu ouvi alguma coisa assim por cima, mas não estava acompanhando. Agora parece que começou a alarmar o mundo todo, não é? — acrescentou a moça, que também parecia ser médica ou enfermeira.

— Começou, ou foi notificado primeiro, em dezembro de 2019, exatamente há dois meses, na China e logo registraram a primeira morte de um idoso com pneumonia e sintomas de uma gripe. Muitas pessoas estrangeiras e pessoas locais saíram de Wuhan em viagem de negócio ou turismo, de avião ou de navio em cruzeiro, sem saber que estavam contaminadas, levando o vírus para outros países e outros lugares na China. Dia 15 de janeiro de 2020, os Estados Unidos registraram seu primeiro caso. Em seguida foi a Europa. Tudo acontecendo muito rápido, disse o outro rapaz ao seu lado, que também parecia estar bem-informado.

Na verdade, o mundo não parecia dar-se conta do que estava por vir. As pessoas hipersensíveis, videntes e místicos vinham relatando sonhos horríveis, pesadelos com tsunamis; erupção de vulcão; guerra; falta de ar; ondas de calor e muitas mortes. Os mais místicos se ancoravam nos segredos deixados por Nossa Senhora de Fátima, nas profecias de Nostradamus e outros videntes, previsões de algo muito grande; um acontecimento de proporções alarmantes, catastrófico e fatal. Algo que caminhava para o apocalipse, sem alarde, sem armas, sem guerra declarada oficialmente. Em todo o caso, uma bomba atômica invisível encarnada num vírus que tem o formato de uma coroa, o rei coroado, de que reino, perguntam, que declara guerra contra a humanidade. Uma loucura! Quem seriam os súditos desse rei? Quem seriam seus ministros, secretários, oficiais e todos do rei que tira a vida?

Pessimismo e misticismo à parte, a comunidade científica internacional se deparava com seu maior desafio. Pouco se sabia sobre o vírus e não havia um protocolo de tratamento para a doença. O mundo, ou boa parte dele, estava com o foco de suas preocupações em outros assuntos, como viajar, beber, comer e viver bem, numa falsa felicidade consumista. Poucos pareciam reclamar. Mas havia ainda a grande ameaça das mudanças climáticas, o aquecimento global, o desmatamento de florestas, o degelo das calotas polares, a poluição do ar, da água e da terra com agrotóxicos, e como alimentar os inimagináveis dez bilhões de pessoas até o ano 2050? (fica aqui um espaço para responder a esta pergunta, no ano de 2050, quem estiver com o livro) De um modo geral, o mundo estava infeliz, enquanto o PIB – Produto Interno Bruto – era a meta e o orgulho econômico entre as nações, que por sua vez desprezavam o FIB – Felicidade Interna Bruta, índice que media a felicidade de uma população, como aplicado no Butão. O PIB não atribui o valor do passivo humano e ambiental da produção interna bruta. O PIB não mede o estado físico, emocional e psicológico de sua população. O prejuízo é deixado para as futuras gerações.

Sobrava dinheiro para as nações privilegiadas gastar com viagens planetárias, pisar em Marte e a caça pela possibilidade de vida em outros mundos, buscando respostas ou talvez um lugar novo para quando acabassem com este planeta. Resultado: já produziram uma grande quantidade de lixo espacial e lixo experimental, este do fracasso laboratorial com suas experiências. Inevitável no sistema científico. Aqui na terra, a indústria armamentista recebia mais investimento que os setores da saúde e educação. Os laboratórios químicos investiam na pesquisa da cura das dores e doenças, disponibilizando seus produtos a preços altos. A canabis passava de "erva vilã da história recente" para a vedete da cura de vários males, negligenciado pelos ignorantes no poder. Na verdade, o mundo parecia desfocado espiritualmente pelas presas do desejo e dos prazeres, enchendo a barriga para com ela empurrar as questões ambientais, econômicas, sociais e humanitárias. É o que diziam na Praça, na mesa cinco ou no documentário.

No fim do dia, Lucia trouxe o assunto do vírus à pequena reunião que sempre faziam.

— Vocês estão acompanhando as notícias? Sinceramente, a única coisa que eu faço com o pouco tempo que me tem sobrado é ler meu Mundo de Sofia, limpar as mensagens do telefone celular e amar minha querida Carmem — disse Lucia abraçando e beijando sua amada.

— Com exceção do Mundo de Sofia e de sua amada, eu estou igual. Só restaurante na cabeça — disse Carlos.

— Eu estou devorando o livro sobre alimentação Antroposófica da Dra. Gudrun. Não ligo a TV há meses e tenho apagado mensagens no celular sem ler — disse Marinei rindo do fato.

— Na verdade, meu pai me enviou dois links de notícias em inglês sobre o assunto há algumas semanas, mas li somente o primeiro, ainda por cima, que dizia haver uma variante letal do Coronavírus, o vírus da gripe, na China, numa cidade com mais de onze milhões de habitantes e uma epidemia por lá, obrigando o "lockdown" na cidade — disse Carmem procurando as mensagens em seu celular.

— Olhem aqui. Tudo o que estavam falando o pessoal da mesa cinco está acontecendo. Dando uma olhada cá no inconsciente virtual e impermanente da internet, tem muito mais — disse Lucia, percorrendo o resultado de sua busca.

— O que vocês acham disso? — perguntou Carmem.

Ninguém achava nada para responder e ficaram em silêncio, pensativos, vidrados na telinha de seus aparelhos de telefonia celular.

— É mesmo difícil de responder. Pouco se sabe a respeito desse vírus, mas aconteça o que acontecer, não será nada bom — disse Carmem.

— Aqui diz que se trata de algo como a febre espanhola, a influenza. Entre 1918 e 1920, quinhentos milhões de pessoas morreram; a metade da população mundial. Que loucura, eu não tinha ideia de que já passamos por isso. — Lucia falava enquanto olhava a tela do celular.

Agora estavam todos com a coluna do pescoço travada em seus celulares para atualizarem as informações sobre o mundo fora do Restaurante. O mundo rodando e a terra parada para os proprietários do Restaurante Vegetariano. Que outro interesse seria mais importante e envolvente para eles do que viver intensamente a arte de cozinhar em seu próprio restaurante? Sobretudo agora que passou o susto de ter o estabelecimento fechado por irregularidades. Parece que isso aumentou a gana de se dedicarem totalmente ao Restaurante.

Aprenderam tanto em tão pouco tempo. Agora queriam beber somente daquele poço. Queriam desfrutar a riqueza e o prazer proporcionado pela novidade que advém do saber com o aprendizado. Queriam degustar a sobriedade do conhecimento e delirar com as cores, fragrâncias e sabores dos alimentos do mundo etérico. Queriam o aclarar da mente com a luz da percepção. Queriam a luz que penetrou na planta e seu fruto, a água que a planta sugou da terra, com toda a química e mineral, transformados, processados como alimento. Já não queriam mais saber do que não tinha importância.

Em momentos de reflexão, em que se permitiam, olhavam para a vida e ficavam surpresos com o regalo transformador que dela receberam, mas agora, ameaçados por um vírus. Não foi um sonho em comum que tiveram. Mas estavam delirando de contentamento. Oportunidades nos são oferecidas ao longo da vida, mas como sempre, atarefados com o mundanismo, elas passam despercebidas ou são desacreditadas. Eles aproveitaram e aceitaram a oportunidade que a vida lhes oferecia no momento certo.

Carlos vinha fazendo novos experimentos de pratos, molhos e temperos. Por isso, ele ficava no Restaurante até tarde da noite. Na semana anterior ao Carnaval, Carlos foi surpreendido com a presença de Marinei na cozinha, também experimentando novas ideias.

— Marinei! Você aqui a essa hora? — disse Carlos admirado.

— Oi Carlos. E você também aqui, não é? Eu vim experimentar um molho que me veio à cabeça. É bom que você esteja aqui, será meu piloto de prova — brincou Marinei.

— E o que é que eu vou experimentar? — perguntou, esfregando as mãos.

— Vou servir um talharim com massa de ovos e farinha integral que eu fiz, cozido no molho de acerola fresca e tomate — respondeu, cantarolando, Marinei.

— Acerola fresca! Muito bom. Com certeza uma delícia! E coincidentemente eu vim concluir algumas experiências que tenho feito com o cambuci.

— Eu e as meninas estávamos comentando como ficou bom aqueles cubos de tofu e nozes fritos à milanesa, acompanhado do molho de cambuci bem apurado. Nunca imaginei o quanto saborosas são essas frutas quando preparadas com sal. E mesmo a maionese de abacate... A vida toda eu comi abacate com açúcar — comentou Marinei.

— E a maionese de amêndoa? O chutney de coco, de abacaxi ou de manga? Tudo uma delícia que eu também não imaginava que fosse possível.

— Aí está. Vamos experimentar. — Marinei o serviu e começaram a comer.

Ali a sós, olhar nos olhos, pairava no ar, muito mais que o sabor daquela pequena fruta vermelha, era outro tipo de vírus. Havia uma cumplicidade entre eles de há muito tempo. Vez ou outra Marinei e Carlos se viam na praça, acompanhados dos filósofos para assistir ao pôr do sol. Uma amizade antiga que, pelo menos Marinei, gostaria de manter como estava. Carlos a respeitava, o que fortalecia a confiança e a amizade entre eles. Mas ambos forçavam, o que silenciava a atração natural que existe entre uma mulher e um homem. Ambos deixavam no ar, muito mais que o perfume do vapor de um molho picante, apurando sob o fogo forte. O poder da alquimia sobre os sentidos despertava algo mais intenso que simplesmente respeitar uma condição de relacionamento tão antiga. Mas não seria aquele o momento, que ficava para ser lembrado pela novidade do molho. No fundo, o coração saiu do ritmo e acelerou. O fogo no sangue correu nas veias dilatando o corpo. Mas apenas por um momento. O tilintar do garfo no prato soou como um sino e despertaram para o "umami", a "essência da delícia" no molho de acerola, para a textura da massa a cada mastigada.

O Restaurante se preparou para o Carnaval de dois mil e vinte – 2020 – e trabalhou todos os dias, inclusive no feriado, a terça-feira de carnaval, no dia vinte e cinco de fevereiro. A Praça foi palco de alegria e descontração, com música e dança. O país ficou aberto para receber os turistas para o carnaval, contaminados ou não pela doença que pouco conhecia. São Paulo previa um movimento de três bilhões de reais — seiscentos milhões de dólares — com o carnaval daquele ano, sem nenhuma previsão de quanto movimentaria o passivo do vírus.

O vírus era o assunto que mais se falava naquele momento. Alto grau de contaminação, causado pela pessoa contaminada. Graves danos pulmonares, sequelas e alto índice de mortalidade dos casos. Ao mesmo tempo surgia um movimento negacionista, contrariando a ciência e o bom senso, declarando que se tratava de uma "gripezinha". Nada, ou muito pouco, se sabia a respeito daquele vírus e nem do outro vírus, o eletivo, que dura quatro anos no poder, com possibilidade de mais quatro anos, e por isso começavam as tentativas de curas emergências.

E pensar que um vírus vem para uma guerra, com poderes que ele desconhece ter, com grande vantagem sobre as vítimas, que ele também desconhece existir, quando quem tem consciência são as vítimas. O vírus tem lá sua própria consciência.

No fictício "Manual de Sobrevivência na Terra", existem os primeiros socorros, mas não estão à venda em livrarias e nem em bancas de jornais. Faz parte dele, em casos de epidemias ou pandemias, atitudes governamentais, como quarentena, manter as pessoas em casa, aumentar o número de leitos hospitalares, acelerar o processo de desenvolvimento de remédios para a cura e a inevitável vacina. Nem todos os governos estavam seguindo o manual, atirando a população às covas.

No restaurante, o assunto vírus também se tornou o prato e a sobremesa do dia. Para os quatro proprietários não foi diferente. Nas reuniões que faziam, passaram a imaginar um futuro diferente, mas difícil de enxergar, embaçado. Medo e insegurança permeavam os pensamentos mais otimistas.

A narrativa de "A Praça Encantada".Doc. e os trabalhos para sua realização também estavam sendo afetados.

A expressão "Lock down" se tornava repetitiva, porque alguns países haviam começado a pôr em prática essa medida de segurança.

As imagens de cidades vazias que circulavam nos celulares e nas TVs pelo mundo eram semelhantes a filmes de ficção científica e outras classificações surreais. Imagens que mostravam o colapso dos sistemas de saúde. Imagens de terror que mostravam quantidades de covas abertas com caixões, lado a lado, aguardando para serem enterrados, ou corpos aguardando para serem cremados, na Índia.

Ironicamente, no Brasil, o último dia de carnaval trouxe a primeira vítima covid-19. Um enredo triste, um solo de cuíca, um samba blues, uma sinfonia fúnebre difícil de assistir. Era dado início à geração dos mascarados. Timidamente, o inusitado, era necessário exibir, as máscaras de todos os tipos. O uso do álcool para higienização criou a geração dos alcoólatras nominais e anônimos também. Um estilo de vida ditado e forçado, coerente e seguro.

— Nenhuma carta, nem cartão postal — murmurou Carlos com a correspondência nas mãos.

— E pelo jeito, se chegar, vai demorar um bocado. Eu também penso no Ribamar, no Sr. Curi e na Rachel. Como será que eles estão nessa história — disse Marinei, num tom triste e desanimador.

— Olhe, quando o "knock down" chegar, aqui vai ficar assim, tudo vazio, fechado, ninguém nas ruas, nem carro, nada. Será um "lockdown" e um "knockdown" — ironizou Lucia, mostrando um vídeo no celular, no qual se podia ver as ruas vazias de algumas cidades na Europa, famosas pela quantidade de transeuntes normalmente.

— O que é isso, lock, knock? — perguntou Marinei e Carlos indagando também.

— Uma boa tradução seria "confinado" e "abatido" — disse a professora Carmem. — Mas o que me preocupa é como nós vamos atravessar essa parada.

— Eu também me preocupo muito, seriamente — disse Carlos.

— "Delivery"! — exclamou Lucia sorridente, bem pronunciado e todos entenderam. Não era uma solução para terminar com o vírus, mas uma maneira de salvar o Restaurante, o universo a que dependiam naquele momento.

— Vamos montar um "delivery"? — disse Carlos animado, esfregando as mãos de maneira festiva.

— Vamoos! — As meninas exclamaram num só grito.

— Vou ligar para o contador. Acho que ainda dá tempo — disse Carmem com o celular em mãos.

— "Delivery" se torna uma das únicas soluções para o comércio, a "Amazon" que o diga — disse Lucia. — E vamos precisar de "motoboys" e "moto-girls" — concluiu.

— Boa ideia, Lucia, vamos procurar só "moto-girls" — disse Marinei.

— E por que não "bike-girls"? — perguntou Carmem com o celular no ouvido, aguardando o contador.

— Melhor ainda — confirmou Marinei, otimista.

— Não vai ser fácil achar "bike-girls" — disse o pessimismo de Carlos.

— Podemos comprar três bicicletas, e eu conheço algumas meninas que topariam trabalhar. E as bicicletas não precisam ser novas — sugeriu Marinei.

— Eu me proponho a desenhar a placa de anúncio do Restaurante nas bicicletas — ofereceu-se Lucia, desenhando o símbolo ॐ "OM" no guardanapo sobre a mesa.

— O contador vai me enviar no e-mail o que será necessário. Dinheiro para comprar as "bikes" e as embalagens para as refeições nós temos. Ah, e comprar as maquininhas de crédito débito também. O contador disse que somos os primeiros a trabalhar exclusivamente com "bike-girls" — disse Carmem orgulhosa da ideia.

— Fechado então. — Carlos estendeu a mão.

— Fechado! — disseram juntos de mãos dadas.

— Vou fazer um *"special tea"*. — Afastou-se Carlos em direção à cozinha.

— Eu sinto falta do Ribamar e do Sr. Curi. Sinto o vazio de um relâmpago em minha vida. O clarão de uma luz intensa e fugaz, e que só trouxe coisas boas — disse Marinei, inspirada pela saudade.

— Tenho a certeza de que eles ficarão orgulhosos de nossa iniciativa. Criaremos três vagas de trabalho e quase zero impacto ambiental — contabilizou Lucia.

— Mas não é só isso. Para mim eles são os mestres, aqueles que a gente não esquece, pela empatia, pela gratidão, pelo acolhimento; um amor diferente. — Marinei não conteve duas lágrimas, borrando seus olhos em retrospectiva interior de sua vida.

— Em algum momento em nossas vidas o mestre aparece — filosofou Lucia.

— Ensina e vai-se embora. Aqui está o chá! — Carlos colocou o bule na mesa e tirou as xícaras penduradas uma em cada dedo.

— Eu nunca faria um chá desses em minha vida, por falta de conhecimento. "Knowledge", eu aprendi em inglês, e mais: "lack of knowledge", e como falta conhecimento... — lamentou Lucia.

— Eu também sinto isso, Marinei. Eu odiava lavar louça. Hoje não posso ver uma louça suja que lavo. Nunca me imaginei picando alho e cebola, ainda mais com técnica. Isso tudo era lá com minha mãe, que só de longe eu a via fazer e nunca demonstrei nenhum interesse. De repente aparece o Mestre, os Mestres, e a gente começa a aprender com eles a amar o que fazemos. — Carlos se abria na reunião.

— Meus pais sempre tiveram contratadas pessoas que cozinhavam e faziam todo serviço de casa. Vocês são meus mestres! Eu nunca viria aqui sozinha e agradeço a Lucia e a Marinei. — Carmem também se abria.

— Os mestres ensinam e vão-se embora — repetiu Carlos, o que era fato.

— "The masters deliver" e nós "delivery", certo? — redirecionou o assunto Lucia, brincando com as palavras, num acertado inglês.

— Certíssimo! — Carlos arriscou uma pronúncia carioca para expressar seu entusiasmo com a ideia.

Depois dessa fala, o silêncio tomou conta da reunião. Quatro cabeças a pensar e imaginar. Todos sabem como funciona o sistema "delivery", então, em que mais poderiam estar pensando? Carlos não escondia estar agoniado por trás de seu entusiasmo. Marinei demonstrava estar insegura com a ausência dos Mestres. Lucia também. Carmem evitava outros pensamentos, dando atenção às instruções do contador. Mas o semblante de cada um deles se assemelhava. Olhavam a incerteza com as lentes do medo interior. Os esforços para manter o foco, desfocavam. Um misto de incertezas e tristezas marcavam a expressão de preocupação nas linhas da face. Na verdade, parecia ser o fim do mundo.

— Então, na reunião de amanhã falaremos sobre como iremos funcionar durante o "lock down", ou a quarentena, que começa

24 de março de 2020, semana que vem. Já estaremos com as instruções do contador e com as embalagens que já encomendei. O Restaurante permanecerá fechado, nós só vamos poder trabalhar com "delivery". — Carmem quebrou o silêncio um pouco trágico.

— Vamos que está na hora. Convido vocês a assistirem ao pôr de sol na Praça e Meditar... — disse Marinei, mudando de assunto, prontamente se dirigindo à porta e colocando sua máscara no rosto.

De fato, não havia lugar melhor para deitar a atenção, e meditar. A Praça estava naquele vazio pandêmico, mas estava garantida a presença do pequeno grupo de sempre para contemplar o pôr do sol. Não apenas as praças pelo mundo estavam assim.

Naquele momento da pandemia, uma força aterrorizante estava atuando contra a humanidade. Seria o prenúncio de mais uma extinção em massa? Uma força viral estabelecia limites aos homens; o confinamento, a prisão domiciliar. Ninguém pensava em ser contaminado, e, ao mesmo tempo, ninguém queria se contaminar, nem morrer. A humanidade estava sob um silencioso ataque assassino, e as previsões eram bastante pessimistas. Enquanto isso, subiam os casos de mortes e aumentava o número de pessoas contaminadas.

O mundo, como uma grande máquina, estancou. Mas não podia parar. Desde que o motor da máquina foi ligado pela primeira vez, isso seria para sempre. Essa máquina teria a humanidade como sua propulsora e a natureza como combustível e receptora de seus dejetos. Deram a isso o nome de progresso, desenvolvimento, a revolução industrial, e assim, escrevem a história da família humana até os dias de hoje. Pelo menos na Praça não havia motor, havia paz e a possibilidade de contemplar o pôr do sol. E ali estavam reunidos mais uma vez, para poder ecofilosofar também.

— O que é que nos está assombrando com toda essa história de covid-19? — perguntou Carmem ao grupo na praça, quando chegava à sua mão o cigarro da paz, passado pelo Profeta.

A pergunta pairou no ar entre eles. O baseado deu outra rodada. Os olhares estavam direcionados para o pôr do sol. Um ponto de cor laranja refletia brilhante em cada um daqueles olhos castanhos, estagnados no Astro.

— Estamos experimentando algo novo — continuou Carmem, uma vez que ninguém lhe respondeu à pergunta, falando em breves pausas, tentando segurar a fumaça no pulmão.

— Com certeza algo novo! Sem traficante, sem polícia, sem advogado nem juiz. Sem crime! Essa canabis é a nossa primeira safra da Praça — respondeu o Filósofo e todos riram. E continuou. – O que me assombra, Carmem, é olhar para a imensidão do céu e ver o horizonte poluído. É olhar o esgoto escorrendo sem fim para a represa a céu aberto. É ver crianças e mães mendigando nas ruas. Assombra-me não ver um futuro a partir desse presente. — Depois dessa fala houve mais silêncio para reflexões, tragadas e tossidas.

— Olhando para este sol, nada me assombra, ao contrário, me ilumina. Mas na ausência dele, quando tudo esfria, me assombra pensar na solidão diante da morte, ainda em vida. Assombra-me também a ausência do calor nos corações humanos, ou a frieza da intelectualidade sem compaixão, sem amor. Isso sim me assombra, como a fumaça preta de fio de cobre roubado queimando em algum lugar — disse o Profeta.

— O que me assombra – Lucia pôs-se a falar — é perder contato com a beleza que existe no caminho que trilhamos na vida. Os vagalumes desapareceram da noite urbana. As borboletas diminuíram em nossos jardins. Não brinquei mais com tatuzinho bola, me sujando na terra com eles. Vez ou outra, uma joaninha pousou em meu braço e fiz de tudo para que ela não fosse embora. Nunca mais passei uma eternidade olhando as formigas em trânsito freneticamente organizado entre elas. Felizmente ainda vejo beija-flor na praça e arco-íris no céu. Mas nunca digo nada disso. Comento apenas a beleza da roupa, dos sapatos, do corte de cabelo, das cores nas unhas, da marca do carro, do celular e a beleza da casa e do apartamento no prédio alheio.

Fez-se outro momento de silêncio. Cada um ouvia sua própria respiração na ponta do nariz. Da Praça chegavam ruídos diversos, sem ecos, entre eles a zoada dos pássaros se acomodando nas árvores. Um momento de total quietude e paz interior tomava conta daqueles corações acelerados acompanhando o lento pôr do sol.

— Eu continuo com essa pergunta, não que me assombre, mas que me causa profundo sentimento de ignorância sobre Deus, quando nele creio ou não. Acreditar que Deus não existe, torna tudo muito mais simples. A vida fica ainda mais fácil de se viver: nascemos porque nascemos e morremos porque morremos, dadas todas as possíveis justificativas científicas, químicas, matemáticas, físicas e, agora, quânticas, uma vez que não se prova a existência de Deus por esses meios. Agora, quando creio em Deus, surge o diabo e toda sua falange atuando em meio aos seres vivos, sem que Deus se manifeste ou intervenha. Então me assombra a frieza e a crueldade do criminoso ou do assassino, seja ele quem for. Me assombra olhar para o céu diante das vicissitudes e desgraças da vida e perguntar para Deus: por quê? Apenas para aprender. E saber que não terei uma resposta imediata — disse Carlos que quase nunca se manifestava depois de fumar um baseado, e um tanto inseguro quanto ao vocabulário que usou: "vicissitudes", palavra que ele sabia que, se a tivesse de escrever, não acertaria se "s", "ss", "ç" ou "sc".

Houve outro momento de quietude e reflexão sobre essas falas. O tempo burlava com eles em silêncio. Parecia uma eternidade aqueles minutos em que todos na praça tentavam frear e parar para sempre naquele momento do crepúsculo e todo o esplendor celestial diante de seus olhos. Estavam todos envolvidos em estado meditativo e contemplativo entre o esplendor do pôr do sol, a beleza da praça e orações, pedindo para acabar a desgraça do vírus que assombrava o mundo e suas mentes.

De repente, apareceu o coelhinho branco de olhos vermelhos e parou diante de todos, a poucos metros de distância. Desta vez ele não saia de nenhuma cartola, mas foi uma aparição mágica para a estática plateia presente. Apenas o Profeta reagiu e abriu o feixe com símbolo hippie de sua bolsa de couro artesanal e tirou todo o conteúdo de seu sanduíche vegetariano, principalmente a cenoura, alface e os brotos de feijão, para oferecer ao coelhinho, que não recusou, apesar do susto.

Ali permaneceram todos entre o pôr do sol, o coelho branco e um vírus rondando o pensamento, como um zumbido. Sabe-se lá quanto tempo se passou ali, exceto para os insetos, o coelhinho e os pássaros, que devem medir o tempo cada qual a seu modo.

Mas o sol havia ido, esvaiu-se do céu. A luz amarela de vapor de sódio dos postes da Praça se derramava artificialmente sobre todos, sobre as plantas, as flores e a grama. Dos pássaros, ouvia-se um pio aqui e outro acolá.

— Mais um? — perguntou o Filósofo enquanto alongava a coluna.

— Eu estou de boa — disse Marinei, se levantando.

O coelhinho correu Praça adentro. Os demais começaram então o ritual de despedidas e seguiu cada qual o seu caminho. Já era noite.

O Restaurante Vegetariano estava de portas fechadas. Todos ali já sabiam o que era crueldade na vida, mas essa situação era novidade: ter seus planos interrompidos, suspensos pela quarentena, no ápice do sucesso, na vida nova, sem saber o que viria pela frente. Relacionamentos interrompidos pelo distanciamento. Começava a geração de jovens reclusos, educação a distância, namoro virtual. A ficção parecia normal, mas ainda assim, era assustadora. A ideia de não poder prever seu próprio futuro próximo era intimidante, e, em momentos de desespero, era aterrorizante.

Apenas os serviços essenciais seguiam servindo as populações. Os celulares dos quatro proprietários estavam ocupados, enviando textos de mensagens propagando o serviço "delivery". Um cartaz pintado por Lucia foi afixado no portão do Restaurante com os dizeres: "Entrega em domicílio". "Ligue já!". Mas para quem ler? Na primeira semana receberam poucas ligações, o suficiente para não caírem no prejuízo. As bicicletas, com propaganda personalizada, ficaram prontas e estrearam o serviço de entrega. As "bike-girls" usavam máscara e no cesto, acoplado à frente da bicicleta, levavam álcool para higienizar as mãos e as embalagens entregues. Os clientes demonstravam estar mais seguros com essas práticas. Ninguém queria receber um vírus em casa.

Entre os quatro proprietários do Restaurante, as práticas de higiene antivírus, as quais denominaram de "práticas paranoicas", eram as mesmas. Toda mercadoria que entrava no Restaurante passava por uma rigorosa descontaminação com água sanitária. Todos usavam máscara, deixavam os sapatos na porta de entrada, lavavam as mãos com sabão e aplicavam álcool em seguida. O mundo todo deveria estar seguindo estes mesmos procedimentos. O protocolo de segurança. O mundo todo estava refém de algo invisível, de um vírus, somente visto nos laboratórios científicos. Uma bola como se fosse uma coroa de rei, era a foto divulgada nas redes sociais e na TV, vista em um microscópio eletrônico.

O 2020 transcorria de maneira transformadora. O idioma português adicionava mais uma expressão do inglês: "home office". Muitas empresas aderiram com seus funcionários. As "lives", outra palavra inglesa, adentrava os lares apresentando cursos, palestras, reuniões e encontros através das câmeras dos computadores e aparelhos celulares, a partir do lar dos participantes. Cada qual em seu canto. As crianças e adolescentes andavam a estudar "on-line" em casa, se tivesse computador e provedor de internet, bem entendido. As escolas estavam fechadas. O modo de vida dos humanos e seus hábitos, num contexto global, foram forçados a parar devido à quarentena, como se fosse um castigo, para indignação geral. Aumentava o consumo de bebidas alcoólicas e outras drogas. O que fazer, trancados na quarentena? Ler, assistir filmes, pintar a casa ou um quadro, desenhar, consertar, cozinhar, fazer sexo, escrever um livro? Fazer nada? Cada um caçou o que fazer.

A quarentena parecia o mesmo que ter de parar de fumar ou parar qualquer outro vício. A abstinência então começava a surrar nas entranhas dos dependentes da chamada vida social. Aumentava a ansiedade. Corroía por dentro a falta da vida como de costume, a falta do mesmo de sempre, a falta de viver a vida exterior. Perdiam-se agora no interior de si mesmos, um lugar raramente frequentado.

Por outro lado, o céu mostrava seu horizonte azul e não mais cinza. A poluição diminuiu. Todo tipo de aglomeração estava proibida. Comércio fechado, calçadas e ruas limpas. Diminuiu a volúpia, a criminalidade, os acidentes de carro e de outros tipos. A ganância estava atada. No céu, nenhum avião; notavam-se mais nuvens e pássaros. As pessoas, forçadas, se voltavam ao interior de si mesmas. Ruas, becos e avenidas vazias, talvez como o interior de cada um de seus dependentes. O lar, para quem tinha, nunca fez tanto sentido. O consumismo arrefeceu, mas a fome e a sede não. Correu abastecer quem com dinheiro podia. Esvaziamento, carência e escassez se misturavam à falta de forças para sobreviver e tentar salvar a própria pele. Uma pele com tatuagens de um vazio desesperador. Corriam pessoas carentes, vivendo a escassez de amor, corriam da morte que andava atarefada com ricos e pobres, famosos e anônimos. Esse era o clima da pandemia.

Suspeitavam de que o vírus teria sido liberado por um laboratório na China, mas não havia provas. Sempre procuramos um culpado, o que não ressuscita os mortos. Por isso o ser humano é perigoso às vezes, quando não é maldoso e cruel. Havia, sim, políticos e funcionários dos governos envolvidos em corrupção na Saúde e outros departamentos, se aproveitando da situação para fazer compra superfaturada de vacina, oxigênio, máscaras, luvas e remédio que não servia para a cura da Covid. Estar no governo é, para muitos degenerados, repousar na zona de conforto da corrupção e isso tem contagiado lideranças que se apresentavam acima de qualquer suspeita. Mas os proprietários do Restaurante Vegetariano não tinham tempo para falar dessa política.

Essa geração começava a criar seus próprios meios de sobrevivência e estilo de vida, em meio a uma revolução ecotecnológica, diferente de tudo o que o mundo já tinha visto. Isso significava potencial prosperidade, como das outras vezes, revolucionárias. Era tudo uma novidade incomparável, porém, num cenário confuso, misturado a diferentes realidades de vivência humana, como a tecnológica, científica, ambiental e religiosa, desde favelas mundo afora, de foguetes e satélites lançados ao espaço até as novas fontes de energia do sempre presente sol, vento e do lítio, sem contar a bomba atômica e H, com uma população mundial de sete bilhões e meio. Havia muito o que ecofilosofar.

Encenavam, nesse cenário Covid-19, a Inteligência Artificial, a miséria, a Tecnologia da Informação, a desgraça, a fome, o desespero e uma falsa alegria etílica e tantas outras drogas. Tinha como protagonistas robôs e seres humanos, Psiquiatras e Psicólogos, acompanhados de Enfermeiras, Equipes Médicas, Motoristas de ambulâncias, Faxineiros e Coveiros, sim, estes com letras maiúsculas! Com a pandemia nesse palco, em determinado ato, caíram as enormes cortinas e formaram relevos e sombras, sob fraca iluminação, mostrando silhuetas de corpos humanos amontoados e inertes, vistos da plateia. De repente, se ouve uma explosão, surge um cogumelo de fumaça branca e um forte sopro de ar quente derrete tudo ao redor. O filme de Hiroshima, ao fundo na tela, fazia lembrar essa desgraça iminente que impõe o símbolo de poder ao qual todos devem se curvar, como um vírus na mente humana. Ninguém na bilheteria. Uma peça com cadeiras vazias, sem público presente, sem censura.

Carlos estava no mercado e ouvia a conversa de pessoas que se arriscavam às compras como ele:

— Já tem gente ficando louca de estar presa em casa.

— Eu tenho receio de sair para passear com minhas crianças e meu cachorro.

— Sim, adolescentes e pré-adolescentes estão sendo afetados pela ansiedade e depressão.

— Transtorno mental aumentando, eu li no jornal.

— Pessoas com comorbidade, como meu pai com enfisema, tiveram as consultas canceladas por causa da covid. Sei de outros pacientes como meu pai, que não aguentaram. Morreram.

— Minha mãe tem câncer. O medo deles é que pare as quimios e radioterapias.

— Vocês acreditam que o retardado do vizinho espancou a mulher, depois de tomar meia garrafa de cachaça?

— Mas esse é covarde.

— Está preso.

— Teve quem não aguentou e cometeu suicídio.

— Eu vi na TV, uma mãe pobre, sem poder ir trabalhar, sem ter o que comer, dizia ela que preferia morrer de uma vez do que ver seus filhos morrerem ou de fome ou de covid.

— Já tem muita gente passando fome.

— E tem muito comércio fechando, consequentemente gerando desemprego.

— Quando mexe com a economia, não se sabe como vai ficar.

— Que loucura, meu Deus do céu! — Esse falava em voz alta, mas não diretamente com alguém, pois estava sozinho.

— E tem muita gente morrendo.

— E apesar da quantidade de gente morrendo, cresce o movimento de gente que nega a pandemia e tudo relacionado ao vírus.

— Negam a vacina também.

— Nem máscara querem usar.

— E vão às festas clandestinas.

— É aí que o vírus viaja. E mata.

E quem estava viajando também era Carlos, que ouvia àquela música típica no alto falante do supermercado e essas conversas das pessoas enquanto fazia compras. Diferentes vozes de poucos jovens e idosos, homens e mulheres em tom de preocupação e medo. Carlos caminhava em silêncio, escolhendo as poucas ofertas de legumes orgânicos e tudo mais que comprava. Olhava as pessoas que conversavam em voz alta, mas logo voltava a atenção para o que estava fazendo. Os mascarados, pensava. Carlos lembrou da pergunta da Carmem na Praça e percebeu que estavam todos assombrados por uma atualidade trágica, por forças antagonistas e espiritualmente adversas.

Carlos passou as mercadorias pelo caixa. Pagou e seguiu para o taxi. Seu telefone tocou. Ele atendeu e recebeu a notícia de que a mãe de Carmem havia falecido. Ela pegou covid, ficou três dias internada e não aguentou.

— Meus sentimentos, Carmem — disse Carlos quando chegou ao Restaurante e a encontrou chorando ao lado de Lucia e Marinei.

— Obrigado, Carlos. Nós estamos de saída para o hospital. Não haverá velório devido à covid, e o enterro será agora às quatro e meia.

— Eu vou com vocês — disse Carlos.

— Não, Carlos. Fique aqui com a Marinei. Eu vou com a Lucia. Agradeço seu carinho e apoio.

— Bem, se precisar de qualquer coisa, estaremos aqui — prontificou-se Marinei.

— Obrigado, Marinei.

Marinei e Carlos ficaram em silêncio e um tanto perdidos tentando retomar suas tarefas. Carlos deixou de lado o que pretendia fazer, pegou seu telefone celular e começou a discar um número. Marinei o olhava apenas, mas logo se aproximou para ouvir a conversa.

— Alô, Sinhô Bene? Tudo bem com o Senhor? Aqui é o Carlos. - Estamos todos bem, sim Senhor. Quer dizer, estamos tristes pela Carmem. Estou ligando para dizer que a mãe dela faleceu hoje de covid. – Não. Não haverá velório. – Isso, ligue para ela. – Tudo bem com vocês? — Dona Maria Joana também? Puxa vida! Quando? – Está internada há dois dias. – Não pode receber visitas, eu sei. Vamos rezar para ela sarar. – Nós estamos tentando trabalhar, mas não está fácil. – A Cooperativa também está parada? – O Senhor acha que terão alguma coisa das hortas para gente? – Sim, estaremos aqui amanhã, se quiser entregar, é sempre um prazer recebê-lo. – Sim, vamos nos cuidando. Até amanhã então Sinhô Bene. Tchau, tchau.

— Dona Maria Joana também. Acho que minha mãe nem meu pai sabem. O pessoal não está se cuidando como se deve. Tem muita gente folgada, vacilando, achando que não pega nem transmite. Eu dei umas broncas lá em casa. Todos saem para seus afazeres e voltam para casa; andaram em ônibus cheio, metrô cheio. Tem de tomar banho assim que entram em casa, trocar de roupa e continuar com máscara nova. Parece que estamos desconfiando uns dos outros, mas tem de ter precaução — desabafou Marinei.

— Vou avisar minha mãe sobre a mãe da Carmem e da Dona Maria Joana — disse Carlos. — Bem, pelo menos lá em casa, só meu pai tem saído para ir ao mercado e passear com o Folha e o Street. Minha mãe não sai de casa desde o começo da pandemia. Parece que estão se cuidando.

— Hoje, eu diria para a Carmem o que me assombra — disse Marinei. — É ver o vírus levando gente que está perto da gente, gente que conhecemos. Não é mais apenas aqueles anunciados na TV, que não sabemos quem são. Milhares de pessoas morrendo. É bastante gente.

Conforme combinado, no dia seguinte Sinhô Bene trouxe três caixas de legumes, duas caixas de hortaliças, alguns vidros de tempero de ervas finas e molho de pimenta para o Restaurante.

— Bom dia, Sinhô Bene. Deixa que eu levo as caixas. Entre e sente. A Marinei está preparando um "special" para nós.

— Oi, Sinhô Bene. Tudo bem? Sente-se. Eu já vou aí com o Sr.

— Está difícil de me acostumar com essa máscara — reclamou Sinhô Bene, mas não a tirou do rosto.

Carlos descarregou a mercadoria e sentou-se à mesa com Sinhô Bene.

— Sinhô Bene, tem um assunto que eu gostaria de tratar com o Senhor. Segundo o que eu tenho ouvido e percebido pelo bairro, me parece que tem gente passando fome e eu acho que nós podemos contribuir de alguma maneira — disse Carlos ao mesmo tempo em que Marinei servia o "special".

— Ô, meu filho, você leu meus pensamentos. Eu vinha mesmo te perguntar como nós poderíamos ajudar nessa situação. Tem mesmo umas vinte e mais famílias passando dificuldade que nós conhecemos.

— É, eu também conheço algumas famílias que estão na mesma situação, e isso tem mexido com a gente. Pastores e o padre têm arrecadado algumas doações para ajudar, mas são famílias com cinco, sete e até dez pessoas, entre crianças, adultos e idosos. E como nós poderíamos ajudar? — perguntou Marinei cheia de compaixão.

— Eu acho que nós podemos entregar para os mais necessitados até cem "quentinhas" com arroz, feijão e legumes; podemos variar com macarrão e legumes e, talvez, quebrar o vegetarianismo e adicionar um ovo — apresentou Carlos sua proposta.

— Meu filho, o ovo não vai fazer diferença. Se conseguir entregar essas cem "quentinhas vegetarianas", não será a fome que vai matar esse povo.

Carlos subestimou sua capacidade de fazer o bem. Juntos, os proprietários do Restaurante Vegetariano conseguiram entregar mais de cem refeições nas semanas que se seguiram depois da decisão do grupo. As vendas do Restaurante se mantinham e havia uma margem de lucro suficiente para tocar o negócio e manter as doações.

E assim, parecia que o mundo na pandemia estava tentando se equilibrar na corda bamba, contabilizando as perdas materiais e as baixas do contingente humano produtivo, na fala de muitos governantes.

O assunto da pandemia continuava a tomar conta dos noticiários de todos os tipos: impresso, na TV, na internet, nos celulares, redes sociais e no boca a boca. Ao digitar "Covid-19", o "inconsciente da internet" oferecia diversas opções para consulta. Dentre elas, os gráficos nas telas apresentavam as diferentes coletas de dados, as quantidades diárias de mortos, de contaminados e de internados. Havia estatísticas para saber tudo sobre o vírus e sua reação no corpo humano, enquanto estava em andamento os testes dos laboratórios para certificarem suas vacinas, o messias salvador mais aguardado no ano de 2020.

Vinte, vinte — 2020. Ano bissexto. Um ano que será sempre lembrado, embora o melhor seria esquecê-lo, diziam no Restaurante. Todas as comemorações e festividades desse ano não foram realizadas, ou foram muito modestamente lembradas, como o Natal sem reuniões, sem amigos secretos e, em muitos lares, de luto. Não houve carnaval nem festas juninas. O Japão cancelou os Jogos Olímpicos e Paralímpicos, dois megaeventos. O "sistema" estava comprometido, sujeito a ondas e picos de contaminação do vírus e não dava sinal de se recompor tão cedo. A economia padecia e oscilava, e deixava os governantes em desespero. No Brasil, o governo achava que estava em guerra e incitava seus soldados – a população inocente – a sair para a luta, ao trabalho, para salvar ele, o governante. Um governo acusado de genocídio e outros crimes.

Os proprietários do Restaurante Vegetariano foram comercialmente salvos pelo "delivery" e pelas "bike-girls", que aumentaram para cinco colaboradoras e três delas treinavam para futuras competições de ciclismo. Elas consideravam aquilo um esporte e não um trabalho. As doações de refeições continuavam. As reuniões seguiam acontecendo semanalmente e terminavam na praça para celebrar o pôr do sol. O covid-19 levou muita gente do bairro. Dona Maria Joana, por exemplo, não aguentou e faleceu depois de um mês internada de cabeça para baixo. Não houve velório, mas estiveram presentes, de longe, o Sinhô Bene e esposa, Dona Dêja, Sr. Juca, Carlos e sua mãe Dona Fatima, Marinei, Carmem e Lucia, seus amigos. A cooperativa enviou uma coroa de flores com dizer comovente: "Sua alma estará sempre presente para confortar a dor da saudade". "Suas amigas da Cooperativa e do Bairro".

Entre 2020 e 2021, houve, em São Paulo, entre quarentenas, a "fase de transição", aplicada ao comércio e que ditava o que fechava ou abria, quando e por quanto tempo, conforme as estatísticas do número de mortos e de contaminados. Não se falava em outra coisa, apenas em pandemia. Quanto mais vacinas aplicadas, mais caía o número de contaminados. O uso de máscaras e álcool para higienizar as mãos permanecia. Havia álcool gel em qualquer lugar com público. O comércio, aquele que conseguiu enfrentar e não fechar, estava liberado para abrir as portas. O Restaurante Vegetariano voltou a receber clientes. As "bikes girls" pedalavam cada vez mais, entre as entregas das doações e as encomendas feitas por telefone ou aplicativo no celular.

Na mesa cinco, um casal de idosos, sentados um de frente para o outro, saboreavam o alimento, mastigando e degustando, calmamente, mais do que os demais. Olhavam atentamente a tudo o que ocorria ao redor. Carmem começou a prestar atenção à conversa do casal, no ponto em que falavam sobre a morte. O senhor, que chamava a atenção com sua barba e cabelos longos e grisalhos, tinha um livro sobre a mesa, com a capa virada para baixo.

— Parece que hoje em dia estão a falar mais da morte — disse ele docemente. Carmem quase não ouviu. — Para suavizar o sofrimento na vida de quem fica e de quem vai, deveríamos falar da morte o tanto que falamos da vida — concluiu.

— É. Ninguém gosta de falar em morte. E, portanto, ela está aí ao lado. Pronta para acontecer, ou acontecendo, naturalmente ou forçosamente. Tem morrido mais de mil pessoas por dia, apenas pela covid-19. Nunca se falou tanto na morte — disse a senhora à sua frente, no mesmo tom, combinando com seu cabelo e seus óculos cor de camurça. Uma senhora firme e séria, mas de expressão suave, calma e sorridente.

O diálogo entre eles continuava assim, manipulavam calmamente o alimento no prato com os talheres, entre pausas e olhares especulativos, garfadas e o tempo a mascar. Se esse era um assunto próprio para o almoço, para eles não importava. Era o que Carmem notava.

— Eu acho que a palavra "paliativo" tem o significado justo para tratar essa questão da morte. E o faz de maneira inteligente, quando se propõe a abrandar temporariamente um mal. Não há nada de mal em morrer, mas o mal de sofrer, cada qual de seu modo e intensidade. Não acha? — disse a senhora.

— Sim. Cuidados Paliativos. Tornou-se formação acadêmica em curso de pós-graduação, dada a sua relevância. Penso que acompanha a evolução do homem fora das cavernas. O ser deve ser cuidado, por si mesmo e pelos outros.

Outra pausa e o alimento terminou no prato do senhor que, paulatinamente se levantou e caminhou, com atenção plena, até a mesa dos alimentos para se servir de mais uma porção. Do mesmo modo, com a consciência focada no momento presente, retornou à mesa cinco. Carmem seguia atentamente o casal.

— Eu sempre repito o prato quando venho aqui. Eles deixam a comida vegetariana deliciosa e algo mais, eu diria, amor pelo que fazem e servem. O que acha?

— Bem, eu mal sei fritar um ovo, você sabe. Mas eu também adoro a comida daqui. Sinto que há uma energia muito boa. Aqui, apenas as plantas morrem. Assim, a natureza nos fala da morte. As flores deixam na memória seu perfume, sua bela forma, suas maravilhosas cores, murcham e morrem — disse a senhora sorrindo, e tinha os olhos refletindo o brilho da luz vinda de fora do restaurante.

— Meu ser, como as flores, em memória viverá para ti — disse o senhor levando sua mão ao encontro da mão da senhora sobre a mesa. Olharam-se, e num átimo, ela segurou sua mão também.

— É o que aprendo ao ler o Upanishads, e pergunto: a consciência tem a memória ou a memória tem a consciência? Como também pergunto: a morte tem a vida? A vida, tem a morte? — Ele assim perguntou quase cantarolando.

— Responderei, mas agora vou me servir a sobremesa, para acompanhar a doçura de seu poema.

Carmem atendia telefone, anotava pedido, fazia contas, recebia dinheiro, dava troco, passava cartão, fechava mesa e mantinha a atenção no casal, nos detalhes de seu relacionamento, na maneira como conversavam e o assunto que tratavam.

A senhora voltou com salada de frutas e um pedaço do bolo de aveia integral, castanhas e frutas secas. Sentou-se e imediatamente respondeu:

— A consciência tem a memória. A memória não tem consciência. A vida e a morte têm-se a si mesmas e são inseparáveis. Para mim, falar da morte pressupõe falar do espírito, o que permanece. Pouco falamos do espírito, e dele pouco sabemos. O tememos e o esquecemos, pois não o vemos nem o tocamos. Acreditar é consequência da liberdade, como a fé. Mas no momento da morte, ou ao saber que vai morrer, o melhor é entregar-se, sem resistência, confiante de estar em boas mãos, no que há de beleza na morte e no morrer, como num ritual. A transição final. Sentir um frio na barriga, sabe, como quando se prepara para viajar a um lugar novo e desconhecido.

— Essa sobremesa deve estar uma delícia. Não me critique se eu pegar mais do que você, comilão que sou. Me diga, o que sente um ateu na hora da morte? Não será diferente do que sente aquele que crê, sim? Já volto.

Levantou-se para se servir da sobremesa. Olhou Carmem e expressou um sorriso nos lábios com um movimento da cabeça. Carmem não tinha resposta àquelas perguntas. Nunca lhe ocorreu pensar no ateu. Muito menos pensar na hora da morte. O senhor voltou à mesa, sentou-se e se pôs a comer.

— Este bolo fica uma delícia com as frutas. E já sei a resposta: o que o ateu sente na hora da morte, devo perguntar a ele, e cada ateu dará uma resposta diferente. Igualmente aqueles que creem.

— A experiência da morte é única para cada um, independente de crença. É o medo que cada um sente da morte que vai ditar como será essa experiência. Medo esse que pode levar a paranoia, ao estresse de ansiedade, ou mesmo morrer antes do tempo, por exemplo. A morte, porém, é igual para tudo e todos no mundo inteiro. E os fungos, cogumelos darão continuidade. Mas atenção: a consciência do eu que sou, é que não deve se identificar com o corpo que morre nem com a mente que se apaga. O Espírito é eterno, não morre. Isso é Vedanta. Resta um Eu espiritual que passamos a vida inteira para encontrá-lo e que, na maioria das vezes, não dá tempo, e morremos antes — disse a senhora sorrindo.

— No Tibet, o morto deve seguir a Clara Luz assim que ela lhe aparecer, mas será surpreendido pela intensidade dessa Luz, que fará com que o falecido a evite de tanto medo, e se for seu karma, esse desvio o levará a outros estágios, ou estados intermediários pós morte, até a reencarnação — disse ele, rompendo o silêncio após duas garfadas.

— Vou precisar de memória até depois de morta...

— Aí é que está! No Tibet, o povo dispõe de um monge, que é chamado pela família do falecido, para lhe falar ao ouvido palavras que o orientarão na sua jornada pelos estados intermediários pós-morte, seguindo a doutrina Bardo Thodol, como apresentado no Livro Tibetano dos Mortos. Como se fosse uma memória para o morto, sim.

— Deve funcionar só para eles.

— Pelo menos. Já no Egito, a alma deveria ter o peso de uma pluma para poder embarcar na barca que levaria o morto. Outros encomendavam o embalsamamento, as múmias.

— E aqueles que são cremados?

— Depende de que região do mundo. Na Índia, depois de assistir a uma cremação, nas escadas às margens do rio Ganges, na cidade de Benares, tem-se a percepção, com aquela imagem na mente, do próprio corpo sendo queimado. E o que importa ao morto se ele é queimado, enterrado, embalsamado, congelado ou esquecido apodrecendo num caixão? Já não importa mais nada. O que importa é a vida até o último momento.

— Vamos?

— Sim. Vamos pagar.

Levantaram-se e o caixa estava ao lado. Ele colocou o livro sobre o móvel, e para desespero de Carmem que queria saber que livro ele estava lendo, a capa estava para baixo.

— Estava tudo bom?

— Uma delícia! Muito bom almoço.

— E a sobremesa, então? Deliciosa! — completou a senhora.

— Voltem sempre.

— Pode deixar. Até mais.

— Até mais!

O mundo estava, aparentemente, em paz, sem grandes guerras, mas extremamente assustado. O ano dois mil e vinte um – 2021 –, ainda sob regime pandêmico, começava com um golpe de estado em Mianmar; na Somália se comemorava o aniversário de trinta anos de guerra civil; Israel mantinha o conflito ativo contra a Palestina; o Tibet continuava invadido pelos chineses; a Crimeia também continuava invadida pela Rússia; A Etiópia, o Iêmen, o Mali, a Síria, todos esses países continuavam com conflitos ativos. A Catalunha ainda queria a separação da Espanha; Hong Kong queria se separar da China; o Afeganistão, a Venezuela, a Bielorrussa, o Vietnam, Coreia do Norte, Cuba e outros países continuavam com suas ditaduras militares. O mundo estava apenas aparentemente em paz.

A covid-19 não dava sinais de que a pandemia fosse acabar, embora o "messias" já tivesse chegado na picada das agulhas das seringas, com diferentes vacinas para salvar a humanidade. O "messias" salvador chegou ao mercado nas vacinas chinesas, indianas, americanas, inglesas e russas. No Brasil houve o caso de uma falsa enfermeira que vendia e aplicava o "messias", ou melhor, as vacinas, de lugar nenhum, falsas também. O ser humano é perigoso, e Deus, definitivamente não era esse brasileiro.

O ano dois mil e vinte – 2020 — passou sem comemorações, com uma só expectativa: vencer a covid-19. Todos queriam de volta à "vida normal", que ironicamente levou à pandemia, e, ao que virá, paradoxos, sabe Deus o karma da humanidade. Seria um espelhamento de grandes eventos como guerras e tantas outras catástrofes? Sobre Karma, o que se sabe é que colhemos o que plantamos e, muitas vezes, colhemos alguma coisa do que os outros plantam, como os outros, que também colhem algo do que plantamos, numa sucessão de eventos – cármicos – em que é inútil se perguntar o porquê. Vai acontecendo. Porque não há resposta, pouco se pergunta quem nasceu primeiro, se o ovo ou a galinha? Uma mera curiosidade sobre a origem física, material, antes de sua extinção. Resposta: Sim, temos, para quando acabarem as galinhas, não haverá mais ovos, e vice-versa.

Assim terminou o 2020, sem respostas para as muitas perguntas que apenas o homem faz. O ano terminou para cada um de um jeito, conforme a lei do Carma. Terminou com diferentes intensidades de traumas. Psiquiatras e psicólogos com trabalho em dobro. A economia no desespero, acelerando a ansiedade de egos dominados pelo medo, pelas incertezas e inseguranças materiais. Para a ciência, há explicação e respostas, a partir do que vêm descobrindo: um átomo esperma e um átomo óvulo se unem, se multiplicam e criam um complexo corpo. São átomos se multiplicando o tempo todo, em processos químicos, com circuitos elétricos, sistemas nervosos, parasitas, germes, bactérias, vírus e hélices de DNA.

Assistindo àquele espetáculo de fim de tarde, num dia comum de covid-19, entre nuvens carregadas em contrastante tom rosado no céu ainda azul, surgia um arco-íris perfeito e suas cores luminescentes. No alto da Praça, havia algumas pessoas aguardando o temporal, a chuva forte e tudo o que significa o ciclo das águas e as transformações de seus estados. Assim que começava a chuva, aquelas pessoas saíram alegres e contentes a pular e bailar na Praça, como num ritual de saudação e consagração pelo presente sagrado recebido da natureza. A dança da chuva, nem para parar, nem para continuar, mas para agradecer. Dançavam o ritual do mistério da água, sem coreografia, sem ensaios, sem dois hidrogênios e um oxigênio visíveis.

O RESTAURANTE VEGETARIANO E A PRAÇA ENCANTADA

Sem muitas flechas de sinalizações, ou direções a seguir, o ano dois mil e vinte um – 2021 — principiava com reminiscências latentes e ausência de esperanças, e apesar disso, simbolicamente, vestido de verde, um tanto desbotado, queimado, devastado e desflorestado, esse verde. A criatividade humana insistia em queimar fogos de artifício, antes, durante e após a meia-noite do ano novo. Nada de novo. O espetáculo não podia parar, mesmo com covid? A sociedade não conseguia viver sem espetáculo. E ela, a sociedade, não vivia muito, no máximo, e raramente, até cento e vinte anos conseguia viver um ser social. A ébria sociedade tinha dificuldade para viver sem religião, sem drama, sem comédia, sem ficção, sem pavor e horror.

Se dissessem que Deus é Arte, ficaria tudo salvo e a sociedade criaria. Se dissesse ao contrário, criaria do mesmo jeito. Deus era tudo e nada. Deus existia e não existia. Ter de provar que Deus existe; então não é Deus. Do ponto de vista da permanência do ser humano na terra, era tão curto o tempo que ele vivia que não tinha importância se ele cria ou não cria em Deus. Assim, eterno e infinito, são ideias para a existência de Deus. Será que haverá um documentário quântico para se discutir Deus? Ou, Deus é um mágico e a Terra é um planeta com lugares mágicos. São ambientes na natureza, cada qual com seu universo desconhecido. São diferentes florestas verdejantes que ecoam o som de aves, insetos e animais; são mares e oceanos, circundando ilhas, rochas e encostas, estendendo seu tapete de espumas brilhante nas praias e orlas; são rios banhando margens florestadas em seu trajeto sinuoso, ora raso e cristalino, rente à areia e cascalhos, ora turvo e volumoso, correndo agitado para encontrar o mar; são cachoeiras e quedas d'água entre vegetação e rochas, criando altares que inspiram santuários e templos sagrados; são desertas dunas de areias escaldantes sob o sol e geladas sob o céu de estrelas; são rochas estáticas, de formas rígidas, esculpidas pelo vento, água e o tempo; são montanhas imponentes que desafiam chegar ao topo, às vezes eternamente gelados, que revelam cachoeiras e dividem as planícies em longas cordilheiras, como uma espinha dorsal sobre a terra; são cavernas e grutas que guardam mistérios e surpresas a seus visitantes; são vales, como mãos abertas entre altos relevos, por onde rio ou ribeirão correm cortando a paisagem ao meio, com seu movimento sinuoso; são praias, como portais do paraíso, para se chegar e partir; é a neve, cristais que surgem do momento em que gotas d'água são congeladas e caem do céu, sublimando a vida terrena com alvo manto de amor e paz. Eles são ambientes na natureza, diferentes nos quatro cantos da Terra, e se transformam, de maneira mágica, nas quatro estações do ano. A magia da sincronicidade cósmica. Existem algumas cidades mágicas também, cada qual da sua maneira. Tudo criado à Sua semelhança.

Nem sempre precisamos estar nesses lugares para receber seus efeitos mágicos. A magia se espalha pelo universo e onde estivermos, ela nos alcançará. Quem ainda não percebeu em si efeitos mágicos em algum momento na vida? Devemos agradecer e retribuir. Devemos nos esforçar para proporcionar momentos mágicos igualmente. O que é magia? Todos os significados são verdadeiros. Mas a magia aqui descrita não tem significado. É o que acontece magicamente. Para o olhar, num lampejo. Para os ouvidos, num sopro. Para as narinas, num suspiro. Para a fala, um sem palavras. É mágico! Em emoções para o coração, com sorrisos e lágrimas. A magia do amor! Já sentiu? Amor por si mesmo? Amor pelos outros? Amor pela natureza? Sim? Então, já sentiu magia. É como assistir ao pôr do sol na Praça Encantada, ou nela encontrar o coelhinho branco, ou trabalhar no Restaurante Vegetariano.

Após dois anos de pandemia, o documentário A Praça Encantada.Doc. estava sendo montado para uma apresentação. Faltavam apenas alguns detalhes técnicos para colocar no documentário como trabalho da escola.

A equipe do .Doc. conseguiu com que arqueólogos amigos fizessem alguns levantamentos a partir de escavações de alguns locais na Praça para observar marcas deixadas no local, com o objetivo de entender como ele foi ocupado ou se poderia existir vestígios materiais de povos antigos ou originários.

Os resultados preliminares sobre como o território foi ocupado coincidiam com as declarações dadas pelas pessoas mais antigas do bairro, entrevistadas e entrevistados com mais de oitenta e cinco anos de idade lúcidos, ou da memória de netos e bisnetos. Mas restou uma dúvida quanto a algumas peças de cerâmica quebradas ao redor de um buraco, rodeado com pedras, escavado a cinquenta centímetros de profundidade, que seria remanescente de uma fogueira, possivelmente de seres Indígenas. Estavam aguardando os resultados da datação por carbono-14. Havia também a suspeita de "queima de arquivo" enterrados naquela área e, mais recente, RGs apagados pelo narcotráfico e apenas cinzas restaram.

Desenterrar para descobrir a origem e entender o presente. No futuro, "nós", os restos da presente civilização, seremos desenterrados para a mesma finalidade arqueológica. Olhe ao seu redor e veja o que será desenterrado. É importante saber como se desenvolveram as relações humanas e suas virtudes, baseados na Praça, para nos entendermos hoje.

Quando a equipe .Doc. adentrava o Restaurante para almoçar, diziam como crianças – *Now is time for change!* Hora de mudar de sabores e formas, aromas e temperos. Falar sobre a Praça e seu universo. Não escondiam segredos sobre o .Doc., ao contrário, queriam saber qual era o Segredo da Praça? Ouviram dizer que havia um segredo, e que era de fato um segredo e, por isso, nada mais conseguiram saber. Mas ficaram com esse capítulo na mente: O Segredo da Praça.

Todos no bairro sabiam e aguardavam a apresentação do .Doc. A Praça do Bairro assistiria à pré-estreia de seu documentário, ou *"l'avant première, mon amie!"* como disse o casal suíço de Lausanne que sempre aparecia no Restaurante, indicado pelo Sr. Nestor, pai da Carmem. Eles convidaram mais estrangeiros, não apenas para se deliciarem com o alimento vegetariano dos novos chefes, mas também para assistirem o documentário, embora não houvesse ainda uma data.

Dois anos de pandemia pareceu um sopro no coração. 2021 avançava mês a mês, ou melhor, se arrastava. Pareceu dias de coração fibrilando, ou uma crise de enxaqueca infernal. Sobrevivíamos, muito embora o fim estava perto, aparentemente. O saldo negativo em todas as contas preocupava os correntistas. Crianças com os traumas da travessia, trancados em casa, "vivendo a seco" o que os adultos regavam a álcool e drogas, com suas brigas, agressões e abusos. Mas o cachorro engordava. O tempo estreitava entre o quarto, o banheiro e a cozinha. Para lá e para cá. Na sala estava a TV. O notebook ia para lá e acolá. O celular parecia estar colado na palma da mão. E lá fora estava o vírus. Um risco de vida. Mas tínhamos de enfrentar e sair para trabalhar, para os afazeres domésticos. Sair era como entrar numa aventura. Uma viagem. Com turbulências e outros imprevistos. Encontrar pessoas. Todo cuidado era pouco. Um alho no bolso. A máscara e o álcool, santos protetores. Uma arruda atrás da orelha.

Em média, ainda morriam centenas de pessoas por dia. Chegava outra dose de vacina contra covid-19, a terceira. E a vacina contra gripe, anual. Os números de mortes e contaminados caíram após a vacinação. Tem remédio para tudo. E, com exceção das mortes, da dor da perda e do sofrimento de todos os envolvidos com a contaminação, esses dois anos pandêmicos deixaram ensinamentos, uma lacuna, principalmente naquele que viveu no interior de si mesmo, com remédio e sem remédio. Ninguém teria saudades da pandemia. Mas o que é a saudades, senão a lembrança, um sentimento abrangente que alegra, entristece e dói, às vezes tudo ao mesmo tempo.

Uma falsa ideia de que tudo estava bem fazia com que as pessoas relaxassem os cuidados preventivos, confiantes de que não seriam contaminados. Isso significava, fazer de conta que tudo havia passado. — Chega dessa loucura! Quero minha vida de volta! — Um grito, repetidas vezes, dado por diferentes pessoas, já com frequência.

Uma visita surpresa bateu à porta do Restaurante naquela tarde de sexta feira, um dia movimentado, apesar de chuvoso. Procurava por Carlos. Era o ex-namorado da Rachel, Ramdin. Carlos reconheceu Ramdin e, em pânico, lembrou que não falava inglês. Imediatamente chamou Carmem, que veio conversar com ele em inglês. Notaram que sua expressão não era de alegria.

— Não me parece boa notícia — especulou Marinei.

— Eu também acho que não — disse Lucia.

Ramdin não quis entrar, apenas deixou um envelope com Carmem. Conversaram por mais alguns minutos no portão. Despediu-se e partiu.

Marinei, Lucia e Carlos aguardavam Carmem e a notícia, sentados à mesa cinco. Carmem sentou-se, abriu o envelope e tirou dele dois cartões postais endereçados ao Restaurante Vegetariano, escritos por Rachel.

— Ele fala português fluentemente e mandou um beijo a vocês. Disse que vira para almoçar qualquer dia. Carmem começou então a ler e traduzir o cartão que trazia impresso a foto da Montanha Emeishan, em Sishuan, na China.

— Inútil, três parágrafos para dizer que Rachel escreveu e não enviou dois cartões postais porque morreu de covid-19 — disse Lucia, como se estivesse no mundo da Filosofia.

Ainda que interrompida, Carmem continuou:

"Aqui do topo de Emeishan, se você conseguir ver um arco-íris nas nuvens a seus pés, você presenciará a "Glória de Buda". Eu não consegui. A outra glória é vencer o desafio de subir e descer a montanha de três mil metros de altura, a pé, degrau por degrau. Um dia para subir, outro para descer e a cada parada para comer, existe um templo para acomodar e meditar." A China que visito é muito mais do que um sonho para mim."

"Espero que este os receba bem e contentes."

"Ps. Escreverei de Hong Kong assim que voltar dessa viagem."

"Love"

"Rachel"

Naquele momento, todos entraram naquela postura arcada de pesquisar no celular, como fazem os atores para encarnar um personagem. Queriam ver mais fotos e informações sobre Emeishan, na China, uma montanha com escadas de pedras locais, construídas por monges budistas, que levam ao topo da montanha, passando por templos construídos no século 1° da era de Cristo. Parece que o vírus não havia chegado até lá. Felizmente, nem a senhora Tung, esposa de Mao Tsé-Tung, que não conseguiu destruir os templos de Emeishan, como fez com tantos outros templos na "revolução cultural" comunista da China.

O outro cartão postal foi escrito em Hong Kong. Parece que ambos os cartões estavam como marcador de página no livro que ela estava lendo. Curiosa, Carmem perguntou a Ramdin que livro lia. *"Master of the Game"*, de Sidney Sheldon, disse ele prontamente.

Carmem continuou a traduzir o que Rachel escreveu naquele cartão postal, que trazia a foto típica, do restaurante flutuante e a ilha de Hong Kong.

— *"Adorei a viagem, mas a notícia do vírus covid-19 é muito preocupante. Aqui em Hong Kong também, nada parece tão seguro. Espero que nada disso chegue até vocês."*

Assim terminava o texto que parecia ter uma continuação em algum momento mais tarde, o que não aconteceu. Rachel foi internada com os sintomas de covid-19 e não conseguiu se recuperar, vindo a falecer. A família de Rachel, no Canadá, encaminhou a Ramdin, objetos e correspondências endereçadas a ele, que incluíam o livro e os cartões postais ao Restaurante Vegetariano.

Ramdin estava de volta ao Brasil para tentar, mais uma vez, realizar seu sonho de morar aqui no Brasil. Ele trazia em seu semblante um luto velado. Ele e Rachel tinham planos futuros que incluíam retornar a São Paulo. Rachel também se apaixonou pelo projeto do Sr. Curi e não queria perder o contato, segundo Ramdin.

E assim, a covid-19 escreveu e continuará escrevendo milhares de histórias através de autores que sobreviveram em meio aos mais de sete bilhões de habitantes do planeta terra. Histórias, na maioria das vezes, tristes, que ensinam sobre a vulnerabilidade e a fragilidade dos seres humanos. Histórias que nos ensinam sobre o desapego e a impermanência das coisas, para que aprendamos a ser humildes na vida. De todas as histórias, a que atesta o poder de forças adversas é a história relatada pela própria voz humana, de que a humanidade tem dificuldade em aprender com lições alheias; ninguém sente o que o outro sofre. Falta compaixão. Amor tornou-se uma palavra banalizada. Espiritualidade é coisa de louco. Louco conversa com Deus, outros deuses, Orixás e todas as santas e santos. Que bom ser Louco!

O RESTAURANTE VEGETARIANO E A PRAÇA ENCANTADA

Dois anos de pandemia se passaram. Carlos e Marinei, que continuavam com suas experiências culinárias após o expediente do Restaurante, finalmente anunciaram sua união amorosa.

Aquela reunião trouxe novidades. Foi o motivo de uma grande comemoração entre eles. Carlos pediu permissão para se mudar para o quartinho dos fundos com Marinei, no que chamou de "home office sweet home-office". Aproveitando seu amor à arquitetura, Carlos desenrolou sobre mesa uma cartolina com um esboço que fez a lápis, de um "puxadinho" no fundo do quintal do Restaurante em que ele apresentava dois andares e o solário, com vista para o pôr do sol, mantendo as meninas atentas aos detalhes do desenho, como a escada caracol até o solário, as portas em arcos e as amplas janelas.

— Que esta reunião seja de boas notícias então! — pronunciou-se Carmem e continuou a falar. — Lucia e eu também temos uma boa notícia. Esse foi um ano difícil para todo mundo. Para mim, apesar das diferenças entre minha mãe e eu, senti muito a morte dela, que me fez refletir: a separação de meu pai, a volta para a vida no Brasil, a solidão de mulher, entre outras coisas, a deixaram agressiva e desequilibrada aos quarenta e sete anos de idade. De certo modo, ela descarregava em mim a necessidade de ter controle, e me dei conta de que ela queria o melhor para mim do jeito dela. Infelizmente eu não consegui dizer tudo isso para ela, nem lhe agradecer pela herança que me deixou. Agradeço a vocês por me ouvirem e espero que chegue a ela também de alguma forma. Essa é uma boa notícia de minha parte. A outra é que Lucia e eu decidimos viajar para o Mato Grosso e descobrir onde está o Sr. Curi. Minha herança permitirá que dinheiro não seja uma preocupação, e ajudará no projeto de nosso restaurante.

— O quê? Vocês vão nos deixar também? De jeito nenhum. Não, não. Eu não sei o que tem acontecido comigo, mas uma tristeza profunda me sufoca e não consigo lidar com a despedida de pessoas que guardo no fundo do meu coração, e tudo começou com a despedida do Ribamar, a partida misteriosa do Sr. Curi, a morte da dona Maria Joana, e agora vocês? — Marinei foi abraçada.

— Não será para sempre, Marinei. Eu também não posso perder esse elo com vocês. Minha vida não teria mais sentido. Vou porque estarei com a Carmem e espero trazer o Sr. Curi de volta, ou seguir com ele, aprender mais sobre liberdade, seus projetos sociais, seu estilo de vida, sua missão. Lucia falava de modo a consolar a si mesma também.

— Então, darei mais uma notícia boa: a Marinei está grávida. Ela me engravidou agora à tarde com o resultado do teste. Pensei que ela fosse contar, mas sua notícia de ir embora a emocionou tanto que ela se esqueceu — disse Carlos sorridente e contente.

— Essa sim, é a melhor notícia, Marinei! É claro que a construção do puxadinho com vista para o pôr do sol é muito boa, mas a filhinha é melhor ainda — disse Carmem.

— Filhinha? Então já sabemos que será menina! Só boa notícia mesmo — brincou Carlos.

— Olhe, tenho certeza de que o Sr. Curi também ficará muito contente com essas notícias. E o Ribamar também. Por falar nele, vejam, recebemos mais um cartão postal dele, agora depois do almoço e deixei para mostrar na reunião. Lucia tirou o cartão postal do avental e o colocou sobre a mesa. No cartão, uma foto aérea da cidade de Dakar e do mar, o oceano atlântico, do outro lado. Carlos se apressou a pegar o cartão e pôs-se a ler o verso. Pela primeira vez em sua vida estava lendo, ou tentando ler algo, no idioma inglês e francês, e se sentia orgulhoso.

— Aqui diz:

Vue aérienne de la ville de Dakar Senegal par la mer Atlantique.

Aerial view of the city of Dakar Senegal by the Atlantic sea.

— *As-Salaam-Alaikum. Na ngeen deff?*

Em árabe, Que a Paz esteja com vocês. Em Wolof, — como vão vocês?

No Senegal, aproximadamente 40 idiomas são falados, inclusive o árabe. Wolof é o mais falado. Mais de 95% da população é muçulmana. O idioma francês é oficial.

Ndeye e eu estamos de passagem por Dakar. Passamos um ano difícil como vocês. Partiremos para o Sudão, para implantar o mesmo projeto de Ecovila em meio aos conflitos do mundo e os que lá existem. Vamos aprender muito. Queremos aproveitar para conhecer os países vizinhos, principalmente a Etiópia. Gostaríamos de receber notícias de vocês. Abraços Ndeye e Ribamar.

O RESTAURANTE VEGETARIANO E A PRAÇA ENCANTADA

Estaremos sem celular, portanto, escrevam no endereço da carta ou cartão postal o seguinte:
To
Abdullha Ribamar
c/o Poste Restante
(main post office)
Khartoum,
Sudan

— Olhem que interessante! Ele utiliza o recurso Posta Restante dos correios internacionais. E Carmem traduziu o endereço:
To — Para
Abdullha Ribamar
c/o — care of – aos cuidados de
Posta Restante
(main post office — correio central)
Cartum (a capital do Sudão)
Sudão

— E o que é o recurso Posta Restante? — perguntou Lucia juntamente com a expressão de indagação de Marinei e Carlos.

— Posta Restante é um recurso que os correios ainda disponibilizam aos viajantes sem um endereço fixo. Os marinheiros das caravelas já praticavam algo semelhante. No caso, Ribamar irá até o correio central em Cartum, perguntará sobre o Poste Restante, apresentará seu passaporte e, se houver alguma correspondência em seu nome, ele a receberá.

— E isso funciona aqui no Brasil também? — perguntou Marinei,

— Sim. Vamos fazer um teste? Vamos escrever uma carta ou um cartão postal para Carmem e Lucia, aos cuidados da Poste Restante – Correio Central de Cuiabá – Mato Grosso. Responderemos de lá, para saberem que chegamos — disse Carmem sorrindo.

— Precisamos comprar cartões postais então. Onde vende cartão postal? — perguntou Carlos.

— Em banca de jornal perto dos hotéis, em hotéis muitas vezes. De fato, é algo que também está em extinção, substituído pelos celulares com internet. Ironicamente, podemos comprar cartão postal pela internet e receber pelo correio — disse Carmem.

— Mas não esqueçam os benditos celulares nessa viagem, pelo amor de Deus.

— Venham, vamos para a Praça. O pôr do sol será bonito hoje. Vamos contar as novidades para a equipe do .Doc. Vamos contar para o Platão, o Castanheda, o Einstein, o Erva, o Profeta e o Filósofo. Vamos contar para todo mundo que a vida continua.

FIM